芭蕉の謎と蕪村の不思議

中名生正昭
Nakanomyo Masaaki

南雲堂

はじめに　二人の俳聖

『古今和歌集』の序で、紀貫之《きのつらゆき》は「和歌のひじり」として柿本人麻呂《かきのもとのひとまろ》をたたえ、それに並ぶ者として山部赤人《やまべのあかひと》を挙げているが、それから奇しくも一千年後、俳聖すなわち俳諧の聖人として挙げられたのは松尾芭蕉《まつおばしょう》と與謝蕪村《よさぶそん》である。

数々の名句を生んだ日本を代表する俳人二人の生涯には、芭蕉の場合、家族や、経済的な状況、旅の目的などに多くの謎があり、蕪村の場合には俳諧と絵を両立させ、新しい俳詩を形成させるなど謎というよりは不思議な事柄が多い。謎とは現在の段階では解けないかもしれないが、本来は解ける答があるものであり、不思議とは玄妙な解けない不可思議なものである。芭蕉と蕪村の作品の本質を確かめながら、二人の人物のそれぞれに持つ謎と不思議さに迫るのが本書の目的である。

＊

松尾桃青（のちの芭蕉）が俳聖と呼ばれることに異論のある人はすくないだろうが、もう一人、俳聖と呼ばれる人がいるといえば意外な感を持つ人もいるかもしれない。しかし、まがうことなく、もう一人、俳聖と呼ばれるのは與謝蕪村である。

江戸時代末期まで蕪村は画家としては有名だったが、俳人としては「菜の花や月は東に日は西に」「春の海終日《ひねもす》のたり〳〵哉」などのスケールの大きく、ユニークな句にもかかわらず、一般にあまり知られていたとはいえず、近代になって正岡子規などによって、高く評価されるようになったといわれている。

しかし蕪村とは俳統の異なる大坂の丑麿（二柳の弟子の升六の弟子）が寛政八年の『俳諧百歌仙』で俳諧復興期百余人の筆頭に蕪村を挙げ、また同年に京の菊舎其成（蕪村門、その死後は几董門）が『俳諧六家集』で「中興之首唱也」としていることからも、蕪村が高く評価されなかったというのは当たらない。

現実は幕末になって世俗化した俳諧の中で、蕪村の卓越した美意識、リリシズムとロマンチックともいえる俳風が、当時の人の理解の外となってしまったのかもしれない。

その意味からは明治二十六年に再発見された『蕪村句集』に感銘を受けた正岡子規が同三十年、新聞『日本』、ついで三十二年『俳諧叢書第二篇』として発表した『俳人蕪村』が蕪村を再発見、再評価する書として明治の俳壇に与えた影響は大きかった。

芭蕉は寛永二十一年（一六四四）伊賀上野（現在の三重県上野市）に生まれ、元禄七年（一六九四）満五十歳で没した。蕪村は芭蕉が没してから二十二年後の享保元年（一七一六）摂津毛馬村（現・大阪市都島区毛馬町）に生まれ、天明三年（一七八三）六十七歳で没した。芭蕉とは正確には四分の三世紀ほど後の人ということになり、まさに百年後に現れた巨星といえる。

　蕪村の姓は谷口、二十歳の江戸に出て、二年後、俳人の早野巴人（那須烏山の人、還暦後、宗阿と号した）の日本橋にあった夜半亭に入門、内弟子として住み込んでいたと思われる。さらにその翌年、宰町という号で『夜半亭歳旦帳』に一句入っているのが俳諧のスタートといえる。早野巴人は芭蕉の弟子の筆頭ともいうべき寶井其角と服部嵐雪に学んでいるので、蕪村は芭蕉のひまご弟子ということになる。

　芭蕉が俳諧史上最高の地位に据えられているのは、俳諧を近世文芸として、内容的にも形式的にも整備した最初の人だからである。蕪村の俳諧革新は復興としての革新であり、芭蕉の目指したものがあらぬ方向にそれたものを正しい方向に引き戻したものといえる。折口信夫の言を借りれば「芭蕉によって俳諧は文学として飛躍した。その死後また衰へ理想から遠ざかった。（蕪村らの）天明期の古典復興がなかったら俳諧は救はれぬ遊戯に陥っていたであろう」ということになる。

　しかしこの蕪村の役割は単なる芭蕉の枠にとどまらずに時代とともに発展させた革新の三次元ともいうべき発展であったと理解しなければならない。蕪村にあっては、芭蕉の原点に戻した上での新たな発展なのである。絵画的構成を思わせる様式美、みずみずしい感覚と、底に流れる温かい心と目が、蕪村の優れた特性である。

芭蕉と蕪村の作風を句の比較ということからみよう。

枯枝に烏のとまるたるや秋の暮

古池や蛙飛こむ水のをと

俳諧の精神史上、重要な意味を持つ芭蕉の作品としてこの二つが挙げられるが、前者は延宝八年・芭蕉三十六歳の時、後者は貞享三年・芭蕉四十二歳の時のものである。

これに対して蕪村の句を挙げてみる。

秋かぜのうごかして行案山子哉

月天心貧しき町を通りけり

前者は宝暦十年・蕪村四十四歳、後者は明和五年・蕪村五十二歳の時の作である。

烏と古池に題材をとったものとしては、明和六年・蕪村五十三歳の時に次の句がある。

烏来て鷲余所へいなしぬる

古池に草履沈みてみぞれかな

ここには芭蕉の句とはひと味違った蕪村の諧謔性が見え隠れする句がある。

最後に、二人のもっとも親しまれた句を一つずつ挙げる。

名月や池をめぐりて夜もすがら　　貞享三年・芭蕉四十二歳

菜の花や月は東に日は西に　　安永三年・蕪村五十八歳

このような芭蕉、蕪村を見直すと、二人の卓越した資質ばかりでなく、その生涯には謎や不思議なことが多いのに改めて気付く。二人の作品を味わいながら、そういった問題の解明に役立つことができれば著者の喜びである。

*

本書の構成　本書は第一部で「芭蕉と蕪村の故郷と母」について述べ、第二部と第三部で「芭蕉の謎」、「蕪村の不思議」を論じ、第四部で「芭蕉と蕪村の四季の句」を鑑賞し、第五部で「二十一世紀の視点」から改めて二人の作品を通し今日的意義に触れる。

中名生《なかのみょう》　正昭《まさあき》

目次

第五部　二十一世紀の視点から

カバーデザイン＝銀月堂／地図作製＝加野秀幸

第一部

芭蕉と蕪村　故郷と母

ともに俳聖と呼ばれる松尾芭蕉と與謝蕪村、この二人について述べる前に、まず冒頭に、それぞれの故郷と母への思いをその句を通して触れてみる。

一、芭蕉の母と蕪村の母

―対照的な境遇の中で共通する思い―

Ⅰ、芭蕉の母と、母への句

芭蕉の母はどこで生まれたか

芭蕉は寛永二十一年（一六四四）、当時、藤堂家領だった伊賀上野に生まれた。正保と改元されたのは、この年十二月十六日だから、芭蕉誕生の月日はわからないものの、おそらく寛永年中であったろう。父は松尾与左衛門である。

領主藤堂家の始祖・藤堂高虎は豊臣秀吉、ついで徳川家康に仕え、その腹心となった異能の大名で、伊勢、伊賀二か国（現在の三重県）に三十二万三千石の領地を有し、伊勢の津（安濃津）に本城、伊賀の上野に支城があり、支城には城代家老がいた。

芭蕉の生まれた松尾家は、藤堂家の体制にあっては「無足人」という名の無給の郷士の分家で、無足人自身は無給ながら名字帯刀を許される士分だが、分家となると、正式には名字帯刀を許されず、身分も士農工商の中の「農」となる。このように父与左衛門は身分的には農民だった。与左衛門は明暦二年（一六五六）、芭蕉十二歳の時に亡くなっている。

母は桃地氏（百地氏）の出という。母について、川口竹人の『蕉翁全伝』は「伊予の国の産、伊賀の国名張に来たりて其家に嫁し」としており、領主藤堂氏に従って伊予から伊賀の名張に移り住んだ家の出であることを示している。川口竹人は芭蕉の弟子服部土芳の門下で、土芳、竹人ともに伊賀上野の藤堂家城代藤堂采女《うねめ》家に仕えた武士で、芭蕉のことはよく知っていたものとおもわれる。しかし伊勢伊賀両国の領主藤堂高虎が伊予今治から伊勢津に封じられたのは慶長十三年（一六〇八）のことで、百地氏が藤堂氏に従って今治から伊賀に来る以前に芭蕉の母が生まれていたとすれば一六四四年に芭蕉を生んだ時には、三十七歳になっていたことになる。芭蕉の後に妹三人が生まれているので、芭蕉の母の生年は常識的には一六二〇年ごろと推定され、芭蕉の母も伊予ではなく伊賀で生まれたとみてよい。芭蕉の母が没したのは一六八三年六月であり、一六二〇年の生まれならば六十三歳ということになる。

手にとらば消《きえ》んなみだぞあつき秋の霜　（貞享元年）

芭蕉の母は天和三年（一六八三）六月二十日、伊賀上野で没した。芭蕉はこの時三十九歳だが、帰省することができなかった。というのも前年の天和二年十二月の江戸大火で深川芭蕉庵は類焼、甲州谷村に移転し、この年五月やっと江戸に帰ったばかりで、郷里に赴くゆとりがなかったのであろうか。

翌貞享元年（一六八四）ようやく帰省し、九月八日、伊賀上野の兄半左衛門宅で母の遺髪を拝む。

「長月の初　故郷に帰りて、北堂の萱草も霜枯果て、今は跡だになし。何事も昔に替りて、はらからの鬢《びん》白く眉皺《しわ》寄て、只命有てとのみ云て言葉はなきに、このかみの守袋をほどきて、母の白髪おがめよ、浦島の子が玉手箱、汝がまゆもやゝ老たりと、しばらくなきて」との前書がある。『甲子吟行』に所収。

旧里《ふるさと》や臍《ほぞ》の緒《を》に泣《なく》としの暮　（貞享4年）

『笈の小文』に所収。『若水』には「ふるさとや臍《ほぞ》の緒《を》なかむとしの暮」とある。

貞享四年十二月末に伊賀に帰省した時のものである。

＊

歳暮

代々の賢き人々も、古郷ハわすれがたきものにおもほへ侍るよし。我今ハはじめの老も四とせ過て、何事につけても昔のなつかしきまゝに、はらからのあまたよはひかたぶきて侍るも見捨がたくて、初冬のうちしぐるゝ比《ころ》より、雪を重ね霜を経て、師走の末、伊陽の山中に至る。猶父母のいまそかりせばと、慈愛のむかしも悲しく、おもう事のミあまたありて、

古郷や臍の緒に泣としのくれ　　芭蕉

（知足編『千鳥掛』序・正徳2年刊）

父母のしきりに戀し雉子《きじ》の声

（貞享5年）

「高野にて」と題し、『曠野』に所収。時に芭蕉四十四歳。

Ⅱ、蕪村の母と、母への句

芭蕉に対して、蕪村はどのような家にうまれたのだろうか。門人几董《きとう》は『夜半翁終焉記』で、蕪村は「村長の家に生ひ出て」とし、後に「郷民の家」とし、さらには「郷民」の文字まで削ってしまったところからも、蕪村自身がはっきりと故郷や父母について語ることがなかったのであろう。

蕪村の母については、丹後国與謝《よさ》郡（現在の京都府与謝郡）の人であるともいうが、はっきりとしたことはわからない。ただ蕪村の『新花摘《しんはなつみ》』執筆の動機が亡母五十回忌の追善だったとすれば、母の亡くなったのは享保十三年（一七二八）蕪村十三歳の時のこととなる。母が丹後国與謝郡の人であるということは、地元に残る言伝え、蕪村自身が後に與謝へ行って四年も暮らしたこと、谷口姓を與謝姓に改めたことなどから、次のような推測もできる。宮津に近い與謝地方からは京や大坂へ出稼ぎする人が多かった。蕪村の母もそのような一人で、大坂近郊の毛馬村の富農谷口家で働くうちに主人の子、後の蕪村を身ごもったのではないか。こうして蕪村は育てられたのであろう。

蕪村のこの生い立ちは、それより二六四年前にレオナルド＝ダ・ヴィンチが父とその女中である母との間に生まれ、父業を継げなかった境遇を奇しくも思い起こさせる。

＊

『新花摘』に載せられた発句

『新花摘』に載せられた発句のうち、最初の六句は母や家族への追善の連作、最後の一句は母への追慕とみられる。これは蕪村の師・早野巴人の師である寶井其角が母追善のために編んだ『華摘』（はなつみ・元禄三年刊）にならったものである。

灌佛《くわんぶつ》やもとより腹はかりのやど　（安永6年）
卯月八日死ンで生るゝ子は仏　（以下　同）
更衣《ころもがえ》身にしら露のはじめ哉
ころもがへ母なん藤原氏也けり
ほとゝぎす歌よむ遊女聞ゆなる
耳うとき父入道よほとゝぎす

以上の六句をそれぞれに味わってみると、そこには不遇だった母への思いと、その母の処遇を誤ったと思われる父への恨みも、かいま見られる。「灌佛や…」の句の灌佛は、四月八日の釈迦誕生日の行事である。

芭蕉に「灌佛の日に生れあふ鹿子かな」の句がある。

「ころもがへ母なん藤原氏也けり」の句は、蕪村に私淑する正岡子規に「母方は善き家柄や雛祭」の句がある。恵まれぬ母の出自は由緒あるものだったとする子の誇り、母へのいたわりであろうか。

『新花摘』の最後の一句は、次のものである。

早乙女やつげのをぐしをさゝで来し

生母は與謝郡から谷口家に出稼ぎに来た田植女（早乙女）であったと見られる。

＊

たらちねの抓《つま》までありや雛の鼻　（安永7～天明3）

『蕪村句集』所収。

「この雛人形の鼻は低い。きっと母親が鼻を摘まなかったためであろう」これは直接、母というよりも、内裏雛の鼻にかけたユーモアであろう。

＊

父母を思った句として次のものが挙げられる。

一とせの茶も摘にけり父と母　父母のささやかな生活。追憶か、理想像か。

『落日菴句集』『耳たむし』所収。

父母のことのみおもふ秋のくれ　（明和5年）

『落日菴句集』『耳たむし』『蕪村句集』『蕪村句帳』所収。

蕪村五十二歳の時の句。

芭蕉の「父母のしきりに戀し雉子の声」に通じる。

Ⅲ、母を思う心

埋火やありとは見えて母の側　　　蕪村

『新五子稿』にある蕪村の「埋火や（の）ありとは見えて母の側」の句は、蕪村の母を思う気持ちが幼い日の思い出とともに浮かび上がって来る。

母への慕情は、藪入りの子を迎えた母の心を詠んだ句

やぶ入りの夢や小豆の煮るうち　　　蕪村

にもよく表されている。

ともに俳聖と呼ばれた芭蕉と蕪村には多くの共通性があるが、その中できわだって見えるのが、母を思う心である。

芭蕉の『野ざらし紀行』に、次のような有名な文がある。

「冨士川のほとりを行に、三つ計《ばかり》なる捨子の、哀氣に泣有《なくあり》。この川の早瀬にかけてうき世の

波をしのぐにたえず。露計《ばかり》の命待《まつ》まと捨置けむ、小萩がもとの秋の風（注1）、こよひやちるらん、あすやしほれんと、袂より喰物なげてとをるに、

猿を聞人捨子に秋の風いかに　（注2）

いかにぞや、汝ちゝに悪まれたるか、母にうとまれたるか。ちゝは汝を悪にあらじ、母は汝をうとむにあらじ。唯これ天にして、汝が性のつたなき（を）なけ。」

蕪村に比べて一見、冷徹のように見える面もあるが、これに続いて故郷伊賀上野に帰って兄と会った箇所では「手にとらば消んなみだぞあつき秋の霜」（一二ページ参照）とあるところを見ても、母への思いが切々と伝わってくる。

［注1］「宮城野の露吹きむすぶ風の音に小萩がもとを思ひこそやれ」（『源氏物語』桐壺にある歌。）

［注2］長江下りで有名な中国・長江の名勝三峡に因む詩による。「巴東ノ三峡巫峡《ふきょう》ノ長ク、猿鳴クコト三声ニシテ涙ハ裳ヲ沾ス」（『水経注』）

二、故郷への思い

―帰る芭蕉、帰れぬ蕪村―

ふるさとの山に向ひて　言ふことなし　ふるさとの山はありがたきかな　石川啄木
ふるさとの栗駒山はなつかしき富士の峰よりありがたきかな　白鳥省吾

ふるさとは懐かしく、ありがたいものである。

ともに俳聖と呼ばれる松尾芭蕉と與謝蕪村、この二人に共通する点の中で、まずはそれぞれの故郷へのあつい思いを味わってみよう。

I、芭蕉の故郷

しばしば故郷に帰った芭蕉

芭蕉の故郷は伊賀国上野（現・三重県上野市赤坂町）である。上野の東にある伊賀国柘植《つげ》郷

（現・三重県阿山郡伊賀町）という説もあるが、柘植は芭蕉の生家松尾氏の故郷ではあっても、芭蕉の父の代には既に上野に居住していたことは間違いない。従って芭蕉の故郷は伊賀上野であるというべきであろう。芭蕉は伊賀上野の藤堂新七郎家に仕えた後、寛文十二年（一六七二）二十八歳で江戸に出てからもしばしば兄のいる上野の家に帰っている。

延宝四年（一六七六）六月下旬～七月初め
貞享元年（一六八四）～二年、　年末年始を過ごす
貞享四年（一六八七）～元禄元年（一六八八）　年末年始を過ごす
元禄二年（一六八九）九月下旬～十一月　奥の細道の旅の後
元禄三年（一六九〇）一月
同年　九月
元禄四年（一六九一）一月上旬～三月　この年十月、二年半ぶりで江戸に帰る
元禄七年（一六九四）五月下旬～閏五月
同年　七月～九月八日　七月十五日に盆会を営む

当時の交通事情を考えると、これはなかなか多い回数だといえる。

誰《た》が聟《むこ》ぞ歯朶《しだ》に餅おふうしの年　　（貞享２年）

「山家に年を越て」と題して『甲子吟行』に所収。

旅がらす古巣はむめに成《なり》にけり　　（貞享２年）

「むめ」は梅のこと。『鳥之道』所収。「此句は翁いつの比《ころ》の行脚にか、伊賀の国にてとしの始にいへる句なり」と注記。

＊

芭蕉の貞享元年の旅の故郷での句「手にとらば消んなみだぞあつき秋の霜」、同じく貞享四年の故郷での句「旧里《ふるさと》や臍《ほぞ》の緒《を》に泣《なく》としの暮」もあるが、それは前節で詳しく述べた。

次の五句は故郷に題材をとったというよりも、故郷での句である。

春雨やふた葉にもゆる茄子種《なすびだね》　　（元禄３年）

「ふる里このかみが園中に三草の種をとりて」と題し『杣の古畑』所収。

種芋や花のさかりに賣ありく　　（元禄３年）

「午ノ年伊賀の山中」と題し『己が光』所収。

＊

「甲戌《こふじゅつ》の夏、大津に侍《はべ》しを、このかみのもとより消息せられければ、旧里に帰りて盆會をいとなむとて」と題して

家はみな杖にしら髪《が》の墓参《はかまゐり》　（元禄7年）

『続猿簑』所収。

里ふりて柿の木もたぬ家もなし　（元禄7年）

『蕉翁句集』所収。『土芳全伝』によると、妹婿の望翠宅で行われた歌仙での芭蕉の発句。

名月の花かと見へて綿畑　（元禄7年）

『続猿簑』所収。伊賀の門人たちによって作られた新庵での月見の句。

Ⅱ、蕪村の故郷

懐かしくも帰れぬ故郷

芭蕉の故郷がはっきりしているのに対して、蕪村の故郷ははっきりしない。というのも蕪村は故郷について具体的に語ったことはないし、芭蕉のようにしばしば帰省するどころか、一度も帰ったことがないと思われるからである。これは謎というよりも不思議なことである。

そのような事情もあって、はっきりしない蕪村の故郷は、丹後国與謝郡とか摂津国天王寺村とか諸説ある中で、摂津国東成郡毛馬村（現・大阪市都島区毛馬町）であることが、ほぼ確実であると思われる。

庶子だが蕪村が家督を継ぐよう育てられた蕪村は、まず母を失い、次いで父が亡くなってから、経営の才のないため、家を出なければならなかったと思われる。

この間の事情について蕪村没後二十三年の文化三年（一八〇六）大坂の田宮橘庵が刊行した『嗚呼《おこ》矣草《たりぐさ》』には「蕪村は父祖の家産を破敗し」とあり、このようなことから故郷を出たのではないか。蕪村にとって故郷は懐かしくも、近寄ることができない思いがあったのであろう。

何も語らない蕪村

芭蕉の出生と家族についてわからないことが少なくないが、芭蕉よりほぼ一世紀近く後の人である蕪村の出生についてはわからいことだらけである。というより確実なことは、摂津国東成郡毛馬村（現大阪市都島区毛馬町）で幼少年期を過ごしたということしかない。蕪村自身、故郷や父母について語ったことはない。蕪村の名作『春風馬堤曲《しゅんぷうばていきょく》』（章を改めて説明する）に添えた手紙に「馬堤は毛馬塘也。即ち余が故国也」としているので、毛馬が故国であるとわかることが唯一の例外である。

毛馬村は、京都盆地から大阪平野に流れる淀川が大坂城に向かうかのように南に大きく流れを変え、西へ真っ直ぐ行く長柄川（中津川、今日の新淀川）と分離する地点にある。

摂津国東成郡毛馬村

蕪村の生い立ちについて一般にいわれている事を以下にまとめてみるが、確証はない。

生まれたのは享保元年（一七一六）、摂津国東成郡毛馬《けま》村（大阪市都島区毛馬町）で、父は谷口（谷）吉兵衛という豊かな農家（あるいは商人）で、庄屋だったという。

母の名は、げん。丹後（京都府北部）から来た季節労働者だったと伝えられる。げんは與謝村（現京都府与謝《よさ》郡加悦《かや》町大字与謝《よざ》字二ツ岩）の貧しい百姓弥左衛門の娘として、元禄十一年（一六九八）に生まれたという。二ツ岩に蕪村の母と伝える墓石がある。また瀧村（現加悦町）の出という説もある。加悦町は有名な大江山の北麓にあり、北に行けば宮津、天橋立に近い。以下は、蕪村の出生と成長について伝えられる説をまとめたものであり、その真偽は今となってはたしかめようもないが、一応記してみる。

げんは毛馬村の豪農に女中奉公にあがり、主人との間に幼名・寅、後の蕪村を生んだ。やがて、げんは男子を死産し亡くなった。蕪村の『新花摘』が亡母追善のものであり、五十回忌記念だとすれば、母げんの死去は享保十三年（一七二八）、寅が十三歳の時となる。

父吉兵衛は享保十五年、げんの三回忌があけると、十四歳になった寅を元服させ信章《のぶあき》と名を改めさせ、庶子ながら谷口家の後継者としょうとした。寅はその少年時代、摂津池田荒木町（現池田市大和町）に住んでいた狩野派の絵師桃田伊信に画を学んだという。

丹後の与謝村で育ったという説

蕪村は母の実家があった丹後の與謝村で育ったという説もある。谷口家の主人との間に寅を生んだ　げんは本妻との折り合いが悪く、子を連れ実家へ帰った。げんは寅が二、三歳のころ宮津の畳屋に嫁に行った。その時、寅を連れて行ったが、寅は義父とそりが合わず、施薬寺の小僧となった。または嫁に行くに当たり、寅を毛馬の家に帰したともいう。

生地自体が與謝村だという説もあり、さらには大坂の天王寺村の生れだという説もある。

姓も正確にはわからない

これらの説の中で、どれが正しいのだろうか。

蕪村の弟子几董《きとう》は『夜半翁終焉記《やはんおうしゅうえんき》』で「浪速江ちかきあたりに生たちて」とし、生まれたのは「村長の家」とし、次いで「郷民」とし、さらには「郷民」の文字も削っているが、大坂の大伴大江丸は、その著『はいかい袋』に、「蕪村　姓は與謝氏、生国摂津東成郡毛馬村の産、谷氏也」とした上で、その下に「丹後の与左の人といひ、又天王寺の人といふも、別に（毛馬）村が所謂《いわれ》ありといへり」と異説も紹介しながら毛馬村が理由のあることとしている。

生地の與謝説は、與謝が母の故郷であること、後年蕪村自身が宝暦四年から四年間、與謝のすぐ北の宮津の見性寺に寄宿し画の修行をし、その後「與謝蕪村」と名乗ることになったことによろうし、天王寺説は蕪村の名が天王寺蕪《かぶら》からきていると考えたことによろう。

いずれにしても蕪村自身は出生、父母、故郷について具体的に語ったことがなく、確証はない。姓の谷口も、あるいは谷、さらには父ではなく母方の姓だという説もあるくらいである。

家にいられなくなった事情

母の死に次いで蕪村を襲った不幸は父の死であった。庶子ながら蕪村に信章の名を与え谷口家の後継者とした父吉兵衛が没すると、バックアップする者がなくなった蕪村は、継母である本妻と折り合いが悪く、家を出ることを余儀なくされた。あるいは前に述べた田宮橘庵の書いているように、家の経営に失敗し家産を手放さざるを得なかったのかもしれない。

蕪村にとって毛馬に近い大坂に行くことは好ましくなかったであろう。画の師桃田伊信の紹介で京に行き東山の知恩院塔頭に寄宿した。享保十八年（一七三三）十七歳の時だった。

やがて蕪村は、江戸に出て、其角の弟子である早野巴人を頼り、内弟子として住み込む。帰れない故郷毛馬と、亡くなった母への思いは、蕪村にとって終生忘れられないものであった。毛馬にはついに訪れることはなかったが、「丹波（丹後）の加悦という所にて」とした次の蕪村の句は、宝暦年間に母の故郷に行った時の思いがこめられている。

夏河を越すうれしさよ手に草履
遅き日のつもりて遠きむかしかな　（安永4年）
この句は特に故郷をうたったものとはいえないが、根底にあるのは蕪村の追憶であり、望郷である。「懐旧」と題して『蕪村句集』に収録されている。
春日遅々。春の日は長く日暮れは遅い。こういった時に幼少のころのことを思うと、このような日が積もり積もってはるか遠い昔となってしまったことを実感する。
故郷や酒はあしくとそばの花　（安永3年）
『蕪村句集』所収。
古郷にひと夜は更《ふく》るふとんかな　（安永6年）
『蕪村句集』所収。
以上の二句は、蕪村の実際の故郷というよりは、抽象的な故郷であろう。「故郷や酒はあしくとそばの花」の句にしても、蕪村の故郷と思われる毛馬村はソバの名産地というわけではないし、『安永三年句稿』によれば「帰去来（帰りなん）酒はあしくも」とあるところから陶淵明風の理想郷として故郷を描いたものと考えられる。

＊

これに対して、以下の四句は蕪村自身の故郷に対する追憶であろう。

花いばら故郷の路に似たる哉

（安永3年）

『蕪村句集』『五車反古』『落日菴句集』所収。『五車反古』には「かの東皐《とうこう》にのぼれば」との前書が付いている。『蕪村句集』にはこの句に続けて次の二句がある。

路たえて香にせまり咲《さく》いばらかな

愁ひつゝ岡にのぼれば花いばら

石川啄木に「愁ひ来て丘にのぼれば名もしらぬ鳥啄めり赤き茨の実」（『一握の砂』）があるが、感覚的に通じるものがある。

蜻蛉《とんぼう》や村なつかしき壁の色

（明和5年）

『新五子稿』『落日菴句集』所収。トンボは少年の日の思い出の象徴。トンボとともに故郷の村の壁の色を思い出す。これもなつかしい追憶である。

第二部　芭蕉の謎

芭蕉の年少のころの仕官、退職、ついで江戸に行き俳諧の宗匠となったが、深川に閉居、さらにしばしば旅に出て、とくに「奥の細道」の旅は長期にわたった。この間、頻繁に故郷に帰っている。多くの門弟に囲まれ旅先の大坂で没するまでの五十年の生涯には謎が多い。この謎を七つのテーマに分け、以下、第三章から第九章に述べたい。

三、生家、仕官、教養の謎

―大坂や京になぜ行かなかったか―

I、郷里伊賀を出た謎

続けていた「俳諧の道」

伊賀の人である松尾宗房・後の芭蕉は、なぜ江戸に出て来たのか。

寛文十二年（一六七二）郷里の俳人を動員した三十番発句《ほっく》合《あはせ》に自らの判詞を加えた『貝おほひ』一つをひっさげ二十八歳の芭蕉は故郷を後にした。芭蕉が目指したのは江戸であった。

＊

「寛文十二子の春、仕官を辞して、甚七とあらため、東武に赴く時、友だちの許へ留別、
　雲と隔つ友にや雁の生きわかれ」

それより九十年後の宝暦十二年（一七六二）に出版された川口竹人編の『蕉翁全伝』（『芭蕉翁全伝』とも）は、このように芭蕉の伊賀出発の心境を伝えている。

「二君にまみえず」か、「女難亡命」か

芭蕉はなぜ伊賀上野の侍大将である藤堂新七郎家を辞し、故郷の伊賀上野から出たのか。これには大別して三つの説がある。

第一は「二君にまみえず」という信念から辞職した。

第二は「仕官の前途を悲観」　藤堂新七郎家における自己の将来に見切りをつけた。

第三は「女性問題」で亡命する事態となった。

第一の「二君にまみえず」ということであれば、芭蕉が仕えていた良忠（俳号・蟬吟）が没した寛文六年（一六六六）直後に辞職したのならば納得がいくが、それより数年は勤めていたと思われるので、これは当たらない。

第三の女性問題はあったとしても、不都合なことで亡命という痕跡はなく、後年、藤堂新七

郎家に出入りし歓待されていたことなどからみても有り得ないことと思われる。

かわいがってくれた蝉吟の死後、その弟が継いだ藤堂新七郎家に次第に居辛くなってきた、すなわち第二の理由が芭蕉の辞職の真相と解するのが妥当なことと思われる。

Ⅱ、江戸の地に前途を託した理由

繁栄の都・花開く江戸

芭蕉は世に出るに当たってなぜ、故郷に近い京や大坂を選ばなかったのかという疑問を呈する人もいる。「京や大坂は文化の先進地であり、俳諧の宗匠たちも多くいた。それだけに若い芭蕉としては先人の多い地を避け新興の江戸に前途を託したのであろう」という。

しかしこのような推測は二つの点で根本的に誤っているものと思う。

第一に江戸は徳川家康が幕府を開いて既に六十九年たち、参勤交替制度も確立して、日本一の覇府となり、政治・経済だけでなく文化の中心ともなりつつあった。新興というよりは既に大きく繁栄していたのである。加えて芭蕉の故郷伊賀に京・大坂は近いというが、伊賀から志向するのは東海道を介しての江戸である。今日でも中国・四国・九州の人ならば、大阪を介して東京を見ることはあるが、三重、愛知のような地域の人が東京と反対方向の大阪あるいは京都を介して東京を見るということはない。伊賀上野の芭蕉が江戸を目指したのは、当時の社会状況からも、地理的な関係からも当然なことであった。

江戸での伝手はあったのか

二十八歳の無名の青年が江戸に出て来るにあたって、何らかの伝手《つて》はあったのだろうか。

①小沢卜尺に伴われて江戸に赴き、江戸本船町の卜尺宅に着いた。（沽涼『綾錦』）

②藤堂藩士向井八太夫と一緒に江戸に赴き、江戸小田原町の杉山杉風宅に着いた。（梅人『桃青伝』）

などの説がある。

小沢卜尺は江戸本船町の名主で、太郎兵衛といい、俳諧を北村季吟に学び、後に芭蕉の門下となった。

向井八太夫は俳号を卜宅といい、後に芭蕉の門下となった。

青年芭蕉を江戸に同行したのは、小沢卜尺か、向井卜宅か。

のちの杉山杉風との結び付きを考えると、第二の卜宅説にうなずける面もあるが、卜宅自身が沽涼の『綾錦』の跋を書いているところから見ると、第一の説がうなずけることになる。

江戸に出た芭蕉は、俳諧の宗匠高野幽山の執筆となった。高野幽山は京の人で、維舟に学び、諸国を遊歴して寛文十二年（一六七二）、ちょうど芭蕉が江戸に来たころ、江戸本町河岸に居を構えた。のち元禄年間に伊勢久居の藩主（津の藤堂家の分家五万石）藤堂高通（俳号任口）に仕え、名を竹内為人と改め、同地で没したという。

芭蕉がこの幽山の許で勤めた執筆とは、いわば書記役である。また髪を撫でつけにするのが俳諧師の風俗であった。『真澄の鏡』に芭蕉の門人である高山麋塒《びじ》の子繁扶《しげとも》の伝えるところとして「芭蕉桃青翁、……江戸へ出、幽山の執筆たりしころ、撫でつけに成る。」とあるのは、この間の事情を示している。

Ⅲ、芭蕉の教養はどこで培われたか

芭蕉に影響を与えた人々

少年時代、藤堂新七郎家に仕えていた芭蕉に影響を与えたのは二歳年上の主君良忠（俳号・蝉吟）であり、蝉吟を通じて国学者で俳人の北村季吟（一六二四～一七〇五）から俳諧の指導を受け、さらに江戸に出てからは、ほぼ同時期に江戸に来た連歌師で談林派の西山宗因（一六〇五～八二）に学んだとみられる。芭蕉に影響を与えた先人として西行、宗祇ら旅に生きた歌人、俳諧師の存在も大きい。これらの先人や先輩が芭蕉の師というべき人であったろう。

また禅は臨済宗鹿島根本寺の住職で、江戸深川の臨川庵に滞在していた佛頂和尚に、絵は門人の森川許六に学んだ。

しかし芭蕉の作品の底にある広範な教養はどこで培われたか。経済的に恵まれていたとは思えない芭蕉の教養形成の過程には謎がある。

古典をどう学んだか

芭蕉は『嵯峨日記』で次のように述べている。

「舎中の一隅一間なる處伏處ト定ム。机一、硯、文庫、白氏集、本朝一人一首、世繼物語、源氏物語、土佐日記、松葉集を置。幷　唐の蒔繪書たる五重の器にさまぐの菓子ヲ盛、名酒一壷盃を添たり。」

次に、この白氏集、本朝一人一首、世繼物語、源氏物語、土佐日記、松葉集について説明を加えると、

白氏集　中国の『白氏文集』のこと。白氏は白楽天。

本朝一人一首　林恕編。名歌を集めたもの。

世継物語　『栄華物語』または『大鏡』のことと思われる。

源氏物語　紫式部の著。平安時代を代表する小説。

土佐日記　紀貫之の著。紀行文。
松葉集　宗恵編の『松葉名所和歌集』のこと。
以上は、たまたま嵯峨の落柿舎での芭蕉の身辺にあった書だが、これらが座右の書であったことは間違いがない。

簑笠庵梨一が挙げた百二十三冊の古典

芭蕉の『おくのほそ道』に引用、または背景となった古典について、江戸時代末期に『おくのほそ道』の優れた解説書を書いた簑笠庵梨一《きりゅうあんりいち》は、次のように挙げている。

孝子經	★荘子	書經	詩經	易經	大学
周禮	★論語	荀子	孟子	孔子家語	韓非子
左子傳	国語	呉越春秋	史記	前漢書	晋書
爾雅	説文	劉熙釋名	玉篇	字彙	正字通
書言故事	尺牘雙魚	六韜	楚辭	文選	杜詩全集
杜律詩集	★唐詩選	三體詩	★白氏文集	★古文前集	★古文後集
陸磯詩疏	圓機活法	山海經	神異經	博物志	淮南子《エナンジ》

列仙傳　白虎通　風俗通　西京雜記　桃源記　桃中記
世説新語補　本草綱目　五雜俎　太平廣記　四部稿　熙朝楽事
歳時記　類書纂要　中臣祓　日本紀　續日本紀　續日本後紀
古事記　舊事記　古語拾遺　藤森社縁起　前太平記　東　鑑
★源平盛衰記　源氏一統志　年代廣記　朝野群載　蝦夷志　大日經
★金剛經　★楞嚴經《ロウゲンキョウ》　阿彌陀經　★法華經　涅槃經　大智度論
五分律　法苑珠林　釋氏要覧　祖庭事苑　傳燈録　元亨釋書
萬葉集　★古今集　後撰集　拾遺集　後拾遺集　金葉集
詞花集　千載集　★新古今集　新勅撰集　續後撰集　續古今集
新後撰集　新千載集　新後拾遺集　夫木集　★西行山家集　同　家集
★清輔奥義集★同　袋艸子　拾芥抄　八雲御抄　秘蔵抄　顕註抄
無名集　童蒙抄　袖中抄　歌林良材　藤原系圖　百人一首抄
名所和歌集★名所方角抄　連歌産衣抄★源氏物語　★伊勢物語　★枕艸子
★徒然草　古今著聞集　和漢三才圖會
（★印は著者から見て、とくに芭蕉に深い影響を与えたと考えられるもの）

以上、百二十三冊にのぼり、さらに「ほかに俳集、俳書若干」としている。

儒教、中国の史書、文集、詩集、日本の史書、歌集、仏教の経典などが主体であり、かなりな広範囲である。ここには挙げられていないが★土佐日記も当然入る。

中国の古典でいえば、多くのものに影響を受けているが、とくに目立つのは、李白と杜甫の詩であり、また『荘子』に示されている荘子の考え方であろう。

藤堂新七郎家にいた時に吸収した素地

以上に挙げられた広範な分野の著作全部に芭蕉が目を通したとは、いささか無理であろうと思われるが、『唐詩選』『古文真宝』などを通じてこれらの書の核心に触れる機会も多かったと思われる。

一説によれば、藤堂新七郎家を退身したあと、京に行き北村季吟に学んだというが、京に行ったという確証もなく、退身後も伊賀にいたとも考えられる。

思うに藤堂新七郎家にいた時に、藤堂家の蔵書を蝉吟の好意によって見る機会もあったのではないか。十代後半から二十代前半にかけての柔軟な頭脳のうちの吸収力、学習効果は大きなものがあったろうし、基礎的な教養が築かれたと思われる。

四、江戸の暮らしと　妻子の謎

―「日本橋の桃青」と「深川の芭蕉」―

Ⅰ、日本橋での俳諧生活

『貝おほひ』出版

二十八歳の松尾宗房・後の芭蕉は寛文十二年（一六七二）故郷伊賀上野を出て江戸に来た。住居は日本橋で、小田原町の小沢太郎兵衛（卜尺）の持家にいた記録もある。

江戸に来た翌年の寛文十三年九月二十一日に改元されて延宝元年となった。

延宝三年五月（一六七五）、芭蕉にとって記念すべきことが二つあった。

第一は伊賀上野から持参した『貝おほひ』が出版されたことである。

延宝三年仲夏（五月）の江城下之書林輯刊『新増書目録』、いわば新刊ダイジェストに「一　貝おほひ　松尾宗房」とあり、現存する刊行本では「芝三田二丁目中野半兵衛開板」と「中野半兵衛、同庄次郎開板」の二種がある。

宗因歓迎の百韻に出席

第二は、大坂から江戸に来た談林派の始祖・西山宗因を歓迎する古式の俳諧百韻に出席したことである。

いと涼しき大徳なりけり法の水　宗因
軒端を宗《むね》と因《ちな》む蓮池　縦画
反橋のけしきに扇ひらき来て　幽山
石壇よりも夕日こぼるゝ　桃青
（以下略）

江戸に出た芭蕉は、伊賀時代の俳号「宗房」を「桃青」に改めたが、桃青を使用したのは記録上、この席が初めてとなる。連衆は以上の四人のほか、信章（のちの山口素堂）、木也、吟市、似春、又吟で、幽山は芭蕉が江戸に来た当初、その執筆役を勤めたという先輩の高野幽山である。メンバーといい、付け句の順序といい、まずは一人前に遇された感じだ。『貝おほひ』の出版と併せて、宗房改め桃青のちの芭蕉が江戸俳壇で認められたことを示すものである。

風流大名内藤邸にも出入り

風流大名として知られた陸奥平藩主内藤義泰（俳号・風虎）家にも出入りしたが、この年九月に義泰の嗣子・内藤政栄（俳号・露沾）判の『五十番句合』に、次の二句が入集している。

町医師や屋敷方より駒迎へ

針立や肩に槌打つから衣

このころまだ十四、五歳だった寳井其角が、その父竹下東順とともに入門しているが、東順は町医者であるとともに大名にも仕えていたので「町医師や屋敷方より駒迎へ」の句は、あるいは実感かもしれない。またこのころ、大坂の広岡宗信編『千宜理記《ちぎりき》』に、六句入集している。

年は人にとらせていつも若夷《わかえびす》

ほかに「目の星や花をねがひの糸櫻」など五句ある。

Ⅱ、宗匠立机

自信をみなぎらせた句

延宝七年の歳旦吟

発句也松尾桃青宿の春

俳諧宗匠として立つ自信をみなぎらせた句である。

この年四月、刊行の岸本調和編『富士石』に「桃青万句」の言葉がある。万句とは俳諧の宗匠になった（宗匠立机《りっき》）お披露目に万句の興行をすることであるから、桃青の宗匠立机は、これより以前であることがわかる。

桃青門弟独吟二十歌仙を刊行

翌延宝八年（一六八〇）四月には『桃青門弟独吟二十歌仙』が刊行され、芭蕉（当時・桃青）一門の結束を示した。この門弟は次の通りであり、初期蕉門の顔触れがわかる。

杉風、卜尺、巌泉、一山、緑系子、仙松、卜宅、白豚、杉化、木鶏、嵐蘭、楊水之、治助（嵐雪）、螺舎（其角）、巌翁、嵐窓、嵐竹、北鯤、岡松、吟桃、館子

芭蕉と俳諧「老翁の骨髄」

芭蕉の言葉に「発句は弟子のうちに私よりも優れた者がいるかもしれないが、俳諧については私は誰にも負けない」というのがある。

俳諧とは何を指すのか。「俳諧」の「俳」も「諧」も、滑稽・ユーモアという意味であり、すでに『古今和歌集』に「誹諧歌」というジャンルがある。

「連歌」は、和歌の上の句に下の句を付けて繋いでいくことである。一人で行う独吟《どくぎん》、二人で行う両吟《りょうぎん》という例外はあるが、数人が参加して行う集団的な芸術である。

「連歌」と「俳諧連歌」とは形式は同じだが、面白みのある句を内容とするものを「俳諧連歌」と呼ぶようになり、これをやがて単に「俳諧」というようになった。

形式は本来、百句からなる百韻が正式だが、やがて五十句の五十韻、さらに三十六歌仙にちなんで三十六句から成る歌仙が現れ、芭蕉の時代には歌仙が俳諧連歌の主流となった。

これに対して、発句とは連歌、俳諧連歌の冒頭の句であり、五・七・五の句形で、季節を詠むきまりであり、これが今日の俳句に繋がる。

芭蕉が言う「発句」と「俳諧」はこのような意味であり、発句はいわば個人的な詩であるが、「俳諧」は集団ないし一座を形成する人たちの集団芸術である。芭蕉は俳諧の宗匠として座をリードして行く、オーケストラの指揮者のような立場について、誰にも負けない自信を持っていたであろうし、このことは「俳諧は老翁の骨髄」といった芭蕉の言葉によく表されている。

Ⅲ、深川閑居の謎

順風万帆のように見える芭蕉の宗匠生活だが、延宝五年（一六七七）から四年間、神田上水工事の事務職を勤めた。この水道役人の仕事とはどのようなものであったか。動機は生活の手段か、あるいは、とくに依頼を受けた重要な仕事だったのか。これも不明である。

芭蕉は延宝八年（一六八〇）の冬、深川の庵に入った。この庵は杉山杉風所有の生簀《いけす》の番小屋を改造したものといわれる。

芭蕉は都心の生活からなぜ深川に引っ越したのか。元禄時代以前の深川は、江戸とはいえない新開地だった。二十数年後、吉良上野介が屋敷を本所に移された時でさえ、「川向う」に追いやられた感じがしたものだ。まして芭蕉が引っ越したころはどうだったのか。

日本橋から辺鄙な深川へ

芭蕉は江戸で九年間の市中生活を送ったのち、隅田川の東岸の深川村に居を移した。延宝八年（一六八〇）の冬、三十六歳の時だった。当時の深川は、それまでいた江戸市中の小田原町とは異なる辺鄙な地であった。芭蕉がこのような土地に転居したのは謎である。
芭蕉の深川での草庵は隅田川に注ぐ人工河川の小名木川の北に位置しており、杉山杉風の所有地の一部だったといわれる。（平山梅人『杉風秘記抜書』、遠藤曰人《あつじん》『蕉門諸生全伝』）
杉風は鯉屋という屋号で魚屋を業とする幕府の御用商人であり、江戸小田原町に住み、深川六間堀西側に六百坪の土地を持っていた。杉風は芭蕉にとって江戸に来た当初からの門人であり、経済的な援助をするパトロンでもあった。その杉風の所有地に草庵を構えたのである。

芭蕉を植え、芭蕉と称する

芭蕉が深川の庵に入った翌年の天和元年（一六八一）の早春、門人の李下が芭蕉一株を贈ってくれた。

ばせを植てまづ憎む荻の二ば哉

やがてこの芭蕉が繁茂したために、人から「芭蕉庵」と呼ばれるようになり、このいきさつを自ら執筆した「芭蕉を移詞」に記している。

芭蕉自身も、その翌年の天和二年あたりから「芭蕉桃青」、さらには単に「芭蕉」と称するようになった。

「空手にして金なきものは行路難し」

このようにして、芭蕉はなぜ深川に閑居したのか。

『続深川集』によると、芭蕉はその心境を次のように記している。

こゝのとせの春秋、市中に住み侘びて、居を深川のほとりに移す。

長安は古来名利の地、空手にして金なきものは行路難し　と云ひけむ人のかしこく覚え侍るは、この身の乏しき故にや。

柴の戸に茶を木の葉掻く嵐哉　（延宝8年）

「独り干鮭を噛み得たり」の現実は？

「空手にして金なきものは行路難し」とあることから、芭蕉は経済的な競争に敗れ、貧困の中で敗北を意識したという見方もある。

深川に移った翌年の天和元年には

富家ハ肌肉ヲ喰ヒ、丈夫ハ菜根ヲ喫ス。予は乏し。

雪の朝独リ干鮭を噛得タリ

翌二年には

憂テハ方《まさ》ニ酒ノ聖ナルヲ知リ

貧シテハ始テ銭ノ神ナルヲ覚ル

花にうき世我酒白く食《めし》黒し

という句も詠んでいる。

これらは、芭蕉の経済的な状況が苦境にあったことを示しているともいえる。

俗な宗匠稼業に嫌気がさしたとの説

芭蕉が置かれた状況はそのような貧しいものであったのか。

門人の数は多くても俳諧宗匠の生活は決して楽なものではなかったであろう。しかし芭蕉の場合、貧困にあえいで深川に隠棲したとは考えられない。俳諧の宗匠をやめるというのであれば、「深川隠棲」もわかるが、宗匠生活を続けるのであれば、深川は弟子が集まりにくく地の利が悪い。これは貧困による逃避というよりは、俗世を離れた高踏的な境地に浸ろうとした、いわば一種の奢りであり、風流であったとする見方も強い。

一言で言えば、宗匠としての点者生活の醜さに嫌気がさしたのであろう。

『荘子』の心にひかれる

芭蕉の気持ちの根底には、当時、俳諧師の間で広く読まれていた中国の古典『荘子』の影響もあろう。『荘子』といえば、かつての大横綱大鵬のしこ名の由来となった「北冥ニ魚有リ、其名ヲ鯤ト為フ。…化シテ鳥トナルトキ、其名ヲ鵬ト為フ…」などの寓話で有名だが、一般の俳諧師が寓話の奇抜さを喜んだのに対して、芭蕉は寓話の中から人生の真理をくみ取っていた。その結果、市井の雑事を避け、隠遁の生活を選んだのだという。

芭蕉の『荘子』への傾倒を見ると、これも考え方として成り立つと思う。

芭蕉出家説の真相と僧とも俗ともつかぬ風体

ここで注目したいのは、芭蕉は出家したという説である。

森川許六筆の『本朝文選』の作者列伝には、

「速ニ功ヲ捨テ深川芭蕉庵ニ入テ出家ス。年三十七。天下、芭蕉翁ト称ス」

とある。出家とは世俗の家を出ることであり、それまでの生活を切り捨てたことになる。単なる引っ越し、移転ではないということになる。

こうなると、①経済競争に敗北した。②俗を捨て高踏的な見地に立った――という説よりは、③俗世と縁を切ったという見方が強まってくる。

しかし芭蕉は本当に出家したのだろうか。

深川では仏頂和尚のもとに参禅している。仏頂和尚は臨済宗鹿島根本寺の住職で、鹿島神宮との敷地争いで江戸に訴訟に来て、深川の臨川庵（後の臨川寺）に滞在していた。芭蕉の参禅はこの時のことである。しかし参禅はしても臨済宗に帰依したとも思われない。

その後の「奥の細道」の旅を見ても、僧とも俗とも、どちらともつかぬ風体をしている。出家には寺院などに入らず、在家のままということもある。しかし芭蕉の場合は、在家にしろ出家したとは思われない。風体ばかりでなく、心も僧とも俗ともつかぬものであった。

古池や…と参禅の謎

古池や蛙飛こむ水の音　（春の日）

貞享三年（一六八六）の句である。

次のような異同もある。

古池や蛙飛ンだる水の音　（庵　桜）

山吹や蛙飛込水の音　（暁山集）

『竹人全伝』に「右、江戸本町六間堀鯉屋藤右衛門池簀《いけす》やしきの所、其世にあれはて、藻草に埋みたる時の偶感とかや」と注記している。

Ⅳ、「芭蕉に妾がいた」

芭蕉は生涯独身だったのか

芭蕉のもう一つの謎――それは芭蕉に妻子があったのかということである。

芭蕉に妻はいたのか。子はいたのか。後世、芭蕉が有名になり、神格化されるにつれて、これも大きな謎となった。

妻子がいた、それとも生涯を通して独身だったのか。その場合に問題になるのは、壽貞尼の存在である。

風律の『小ばなし』の内容

広島の俳人風律（一六九八〜一七八一）の『小ばなし』に「壽貞は翁の若き時の妾にて、とく尼になりしなり」という記事がある。この内容は明治になって世に知られ、大きな反響を呼び、壽貞という妾がいたことは事実と見られるようになった。

ただ壽貞とは尼の名であり、本名が何といったのかはわからないし、出生地、年齢などははっきりとしない。また同時代の弟子たちが壽貞尼の存在について、とくに触れていないのもおかしい。

ただ伊賀上野の念仏寺の過去帳には「中尾源左衛門」を施主とした「松誉壽貞」の名がある。同じ過去帳の享保三年の項の「歓誉光安浄喜」と「享誉利貞信尼」にそれぞれ「壽貞尼舎弟」「壽貞尼姉」とあることから「松誉壽貞」は壽貞尼であることがわかる。したがって壽貞尼は芭蕉と同郷の伊賀上野の人だったことになる。施主の中尾源左衛門（槐市《かいし》）は藤堂新七郎家に仕え、芭蕉の弟子でもあった。壽貞尼とその姉、弟の位牌は中尾家にはないことから、芭蕉との師弟の縁で、あるいは藤堂新七郎家の指示で中尾槐市が法要を営んだのかもしれない。

次郎兵衛、まさ、おふう

壽貞尼には、次郎兵衛（二郎兵衛）、まさ、おふうと三人の子があった。この三人の父親はだれなのか。なかでも次郎兵衛は元禄七年の最後の旅に同行し、芭蕉の死に目にもあっている。まだ少年だった次郎兵衛を芭蕉の弟子たちは師の子として遇してはいない。この弟子たちの態度からすれば、まさも、おふうも、次郎兵衛も壽貞尼の連れ子なのであろう。しかし芭蕉は、この母子にやさしく気を配った。

芭蕉は最後の旅に出る時、留守となる芭蕉庵に壽貞とまさ、おふうを住まわせるよう曾良に手紙を書き、次郎兵衛は連れて旅に出た。しかし、この旅の間の六月二日、壽貞尼は芭蕉庵で病死した。

壽貞尼の死を聞いた芭蕉の手紙

嵯峨の落柿舎で壽貞尼の死を聞いた芭蕉は、江戸の猪兵衛あてに次の手紙を送っている。猪兵衛は壽貞尼の姉の子。松村氏、山城国加茂の人で芭蕉庵の世話をしていたと見られる。

＊

壽貞無仕合もの、まさ、おふう同じく不仕合、とかく難申盡候。好齋老へ別紙可申上候へ共、急便に而此書状一所に御覧被下候様に頼み存じ候。万事御肝煎御精出しの段々先書にも申来、扨々辱、誠のふしぎの縁にて、此御人頼み置候も、ケ様に可有端と被存候。何事も〳〵夢まぼろしの世界、一言理くつは之無候。ともかくも能様に御はからひ可被成候、理兵衛もうろたへ申可候間、とくと氣をしづめさせ、取り乱し不申様に御しめし可被成候。　以上

六月八日　　桃青

猪兵へ様

［読み下し文］　壽貞不幸せ者、まさ、おふう同じく不幸せ、とかく申し盡しがたく候。好齋老へ別紙申し上ぐべく候へども、急便にて此書状一所（一緒）に御覧下され候ように頼み存じ候。万事御肝煎御精出しの段々先書にも申し来たり、扨々、辱けなく、誠のふしぎの縁にて、此御人頼み置き候も、か様に有るべき端《はし》と存じられ候。何事も何事も夢まぼろしの世界、一言理屈はこれ無く候。ともかくも能き様に御はからひなさるべく候。理兵衛もうろたへ申すべく候間、とくと氣をしづめさせ、取り乱し申さざる様に御しめし成さるべく候。　以上

六月八日　　桃青

猪兵衛様

＊

壽貞尼は正妻だったのか

壽貞尼の死を悼み、残されたまさ、おふうの身を気遣う、切々と心を打つ文面である。

この心境は、あたかもこの二人の娘が実子であったような感じを与える。もしも二人の娘が芭蕉の実子であるならば、それより年長である兄の次郎兵衛も芭蕉の実子ということになる。かりに次郎兵衛が実子でないならば、重病の母壽貞尼と幼い二人の妹と引き裂いて長旅に連れ出すのもおかしい。しかし、仮に三人の子が実子であるならば、芭蕉にとって隠さねばならない理由がなぜあったのか。三人の子が芭蕉の実子であるのか、ないのか、謎は解けない。

さらには壽貞尼が芭蕉の妾ではなく、妻だった可能性もある。その場合、芭蕉が深川に閉居した時、芭蕉自身が出家し、妻も尼となり、三人の子とともに、芭蕉（当時は桃青）と別居したのだという可能性もある。しかし数ある門人の中で一人も芭蕉に妻子があったということに触れた者がいないのも不自然である。

壽貞尼が没した四か月後の十月十二日、芭蕉も大坂で客死する。最後まで心残りなことであったろう。

V、「猶子桃印」の存在

甥か、養子か

芭蕉の謎の一つに猶子桃印の存在がある。

猶子《ゆうし》とは兄弟の子すなわち甥や姪を指す場合と、養子を意味する場合とある。

芭蕉は延宝四年（一六七六）郷里から十五歳の少年「桃印」を連れて来た。桃印の実名は不明だが、桃印とは当時の芭蕉の俳号桃青を模した俳諧上の跡継ぎとする意思があったのかもしれない。

桃印は五、六歳のころ父を失い、母に育てられた。この母が芭蕉の姉であったという説もある。それならば芭蕉の甥ということになるが、実母から少年を引き離して江戸に連れて来ることがあるだろうか。したがって甥を養子として、つまり二重の意味での猶子であったのかもしれない。

結核の桃印を懸命に看病

ところが、この桃印は肺結核の持病があったらしく、元禄五年ごろから病状が悪化、芭蕉庵に移して芭蕉自身が看病に当たったが、翌六年（一六九三）三月、三十二歳で死去した。

桃印の病気が悪化した六年二月八日に、門人で膳所藩士の菅沼曲水に一両二分の借金を申し込んだ切々とした手紙が残っている。芭蕉のパトロンともいうべき弟子の杉山杉風がいたが、ふだん面倒をみてもらっているだけに、杉風に頼むのは遠慮したのかもしれない。

五、芭蕉の旅の謎

―常にいる同行者―

Ⅰ、芭蕉の旅の時代

故郷の伊賀から江戸に出て来た芭蕉は、延宝八年（一六八〇）深川に草庵を構えたが、貞享元年（一六八四）から元禄四年（一六九一）にわたっての七年間、再三、旅に出た。この七年がいわば芭蕉の旅の時代といえる。それから三年おいて元禄七年故郷を経て西へ向かった旅の途中で芭蕉は没する。

①『野ざらし紀行』の旅　貞享元年（一六八四）八月～二年四月
　東海道から伊勢、伊賀、大和、近江、美濃、伊賀、近畿、尾張、甲斐、江戸。
　同行者　千里《ちり》

②『鹿島詣』の旅　貞享四年（一六八七）八月

常陸鹿島へ　月見　　　　　　　　　　　　同行者　曾良　宗波《そうは》
③『笈《おい》の小文《こぶみ》』の旅　　貞享四年十月二十五日～元禄元年四月
東海道から伊賀、須磨明石へ　　　　　　同行者　杜國
④『更科紀行』の旅　　元禄元年（一六八八）八月
信州更科で月見、江戸へ　　　　　　　　同行者　越人と荷兮《かけい》の召使
⑤『奥の細道』の旅　　元禄二年三月～九月
日光、陸奥、出羽、北陸、大垣　　　　　同行者　曾良、最後に路通
⑥伊勢参宮、近畿巡遊　　元禄二年九月～四年十月
故郷伊賀と奈良、京など各地に滞在、膳所を経て江戸へ。
同行者　始め曾良、路通、奈良へは路通
⑦最後の旅　　元禄七年五月～十月
江戸から伊賀、大津、膳所、京、伊賀、奈良、大坂。
同行者　次郎兵衛（寿貞の子？）

①から⑤までの五つの旅には、それぞれ芭蕉の旅の記すなわち紀行文がある。

このうち③の『笈の小文』の旅は江戸を立った行きの旅であるのに対して、④の『更科紀行』の旅はその帰りに当たる。同様に⑤の『奥の細道』の旅の帰路が⑥の伊勢参宮、近畿巡遊の旅

となる。従って江戸を中心に見れば、③と④、⑤と⑥は表裏一体の旅となる。

故郷滞在型の芭蕉の旅

芭蕉のこれらの旅の特徴の一つに故郷伊賀に帰ることが多いことが挙げられる。短い②の『鹿島詣』の旅を除いては、①も③も⑥も⑦も故郷に帰っている。④も⑤もそれぞれ③、⑥と対なのだから、②の『鹿島詣』の旅以外はすべて故郷に寄ったことになる。しかも最後の旅を除いては、故郷で越年し年末年始を過ごしたことが目につく。

①の貞享二年正月、③の元禄元年正月は伊賀で越年し、⑥の元禄三年正月と翌四年正月はそれぞれ正月になってから伊賀に来ている。生涯故郷に帰らなかったと思われる蕪村と比べ芭蕉のたびたびの帰省はきわだっている。故郷滞在型の芭蕉といえるであろう。

Ⅱ、五つの旅の記

芭蕉の五つの旅の記の概要と、それぞれの冒頭の句を記す。

『野ざらし紀行』　　「野ざらしを心に風のしむ身哉」

本文は前後二段に分けられる。前段は、亡母の墓参のための伊賀への帰郷と風瀑、千里、木因らの招きに応じて伊勢、大和、近江、美濃を巡り、ついで伊勢、吉野の西行旧跡などの歌枕を訪ねて、大垣に着いて「し（死）にもせぬ旅ねの果よ秋の暮」の句で結ぶ。後段は桑名、熱田、名古屋、伊賀、京、伏見、近江、尾張、甲斐を経て江戸に帰る。各地の連衆を訪問して唱和した蕉門開拓の旅を綴ったもの。芭蕉の自筆本は題名がない。其角は『芭蕉翁甲子の記行』と呼び、明和・安永期に『野ざらし紀行』『野晒紀行』『甲子吟行』の題名が定着した。名古屋で巻いた歌仙が『冬の日』となり、これが『俳諧七部集』の第一編となった。

『鹿島詣』　「月はやしこずゑはあめを持ながら」

前半は文章で曾良、宗波《そうは》とともに芭蕉庵から船で行徳で上陸、八幡、布佐から夜舟で常陸鹿島に至る行程が記され、後半は鹿島根本寺仏頂和尚の歌一首と芭蕉ら三人の十三句が記され、自準亭での三物《みつもの》（三句）で結ぶ。根本寺での月見は雨で楽しめなかった。芭蕉自筆の『鹿島詣』一巻があるが、『鹿島紀行』『かしまの記』とも呼ばれている。

『笈の小文』　「旅人と我名《わが》よばれん初しぐれ」

東海道から伊賀、須磨明石へ赴いた芭蕉第三の旅の記だが、冒頭に風雅論、さらに紀行論、旅についての論が挿入され、まとまりがよくない。編者の河合乙州《おとくに》（芭蕉の門人）が芭蕉の小文をまとめたもの、あるいは未完成のものであるなどの説もある。『笈の小文』の題名も未完に終わった芭蕉の自撰集の題名を乙州が用いたとの見方もある。

『更科紀行』

「あの中に蒔繪《まきえ》書たし宿《やど》の月」

須磨明石の旅を終えて京、大津、名古屋、岐阜を経て木曾路をたどり更科の姥捨山で月をめで、善光寺に詣で江戸へ帰った紀行文。題名は芭蕉自筆の草稿では『さらしな紀行』となっている。

『おくのほそ道』

「草の戸も住替《すみかは》る代ぞひなの家」

江戸を発ち陸奥・出羽から北陸道をたどり、美濃大垣に到る百五十六日間の芭蕉最長の旅の記である。題名は一般には「奥の細道」であるが、素龍の清書本に貼られた芭蕉自筆の題簽には『おくのほそ道』とある。

Ⅲ、旅の記への芭蕉の考え

旅の記についての芭蕉の考えが『笈の小文』に次のように記されている。

抑《そもそも》、道の記といふものは紀氏・長明・阿佛の尼の文をふるひ情を盡《つく》してより、餘は皆俤《おもかげ》似かよひて、其糟粕《さうはく》を改むる事あたはず。まして浅智短才の筆に及べくもあらず。其日は雨降、昼より晴て、そこに松有。かしこに何と云川流れたりなどいふ事、たれ〳〵もいふべく覺侍れども、黄哥《くわうき》（奇）蘇新《そしん》のたぐひにあらずば云事なかれ。されども其所〳〵の風景心に残り、山館・野亭のくるしき愁も且は、はなしの種となり、風雲の便りともおもひなして、わすれぬ所〳〵跡や先やと書集侍るぞ、猶酔ル者の孟語にひとしく、いねる人の譫言《うはごと》するたぐひに見なして、人亡《ぼうちょう》聴せよ。

芭蕉が先人とした「紀氏・長明・阿佛尼」

「紀氏・長明・阿佛の尼」とは、紀貫之（八六八?~九四五）、鴨長明（一一五三?~一二一六?）、阿佛尼《あぶつに》（? ~一二八三）のことで、三人とも歌人である。紀貫之は『古今集』の選者の一人だが、土佐守としての任期が終わり、京へ帰る日々を日記形式で記した『土左日記』の著者であり、阿佛尼は鎌倉に赴いた際の旅日記である『十六夜日記《いざよいにっき》』の著者である。また鴨長明は『方丈記』『無名抄』の作者だが、芭蕉のころは『東関紀行』や『海道記』などの紀行文の著者とも考えられていた。

芭蕉は、これら三人を、道の記の先達として評価していた。

「黄哥（奇）蘇新《そしん》のたぐひ」とは「王介甫以工、蘇子瞻以新、黄魯直以奇」（詩人玉屑）とある。芭蕉の「蓑虫説跋」には「蘇新黄奇」とあるが、黄山谷と蘇東坡の詩の新しみを称した言葉である。「亡聴」とは「妄聴」の誤記であろう。『荘子』斉物論に「予嘗為女妄言之、女以妄聴之奚」とある。

Ⅳ、芭蕉の旅の同行者

「一人旅のない」芭蕉

芭蕉は旅の人というが、芭蕉の旅には同行者がいて、ほとんど一人旅はない。これは一つの謎である。

芭蕉の旅の同行者として有名なのは「奥の細道の旅」の曾良だが、「奥の細道の旅」以外の旅にもほとんど同行者がいる。曾良が「奥の細道の旅」に先立って「鹿島詣」に同行したのを始め、芭蕉の旅の同行者としては、千里、宗波、越人、杜國らである。

苗村千里《なえむらちり》（一六四八～一七一六）芭蕉の門人。粕屋甚四郎、大和葛城郡竹内村（現奈良県北葛城郡当麻村竹内）の人。江戸浅草に寓居。「野ざらし紀行」の旅に同行。

河合曾良《かあいそら》（一六四九～一七一〇）芭蕉の門人。信濃上諏訪に生まれ伊勢長島藩に仕官。のち江戸に出て芭蕉庵の近くに住む。「鹿島詣」「奥の細道」「伊勢参宮」の旅に同行。宗波《そうは》、蒼波とも。黄檗《おうばく》宗の禅僧。江戸本所原庭の定林寺住職。芭蕉の隣の庵に住む。「鹿島詣」の旅に同行。

越智越人《おちえつじん》（一六五六～？　）芭蕉の門人。北越から名古屋に出て紺屋として生計を立て杜國、重五らの援助を受けた。「更科紀行」の旅に同行。

坪井杜國《つぼいとこく》（？　～一六九〇）芭蕉の門人。名古屋の米穀商だったが、貞享二年（一六八七）空米売買の罪で名古屋を追放され三河保美に陰棲した。その二年後、芭蕉に誘われ「笈の小文」の旅に同行。

山本荷兮《やまもとかけい》（芭蕉の門人、名古屋の人）の下僕　「更科紀行」の旅に同行。

八十村路通《やそむらろつう》（一六四九～一七三八）芭蕉の門人。「奥の細道」の旅で、敦賀まで出迎え大垣まで同行。以後、伊勢、伊賀、奈良に随伴した。

六、「奥の細道」二つの謎（仙台と親不知）

―悪い時期と謎のコース―

Ⅰ、旅の動機は何か

元禄二年（一六八九）三月、芭蕉は江戸を立ち、門弟曾良とともに、みちのく（陸奥国）へ旅だった。この芭蕉の「奥の細道」の旅には謎が多い。ここでは「伊達家の城下仙台での四泊五日」と、「北陸の難所・親不知通過」の問題を取り上げる。

幕府と伊達藩は一触即発の危機

芭蕉は、なぜ、この時期に、みちのくへの旅をしたのか？
そこには、あい反する二つの要因がある。
①時期として当然という観点――義経没後と、西行の平泉巡遊からともに八百年という節目の年であった。

②時期としてきわめて不適切という観点――日光東照宮大改築の最中だった。

大改築を幕府から命じられた仙台伊達藩の苦悩と幕府との一触即発の危機。

仙台領内は厳戒体制にあった。

その時に芭蕉は、あえて東照宮経由で仙台へ行った。

東照宮へは浅草の清水寺《せいすいじ》、水戸徳川家の日光にあるゆかりの寺の紹介状も用意している。

問題の仙台では、通常は藩士といえども通れない禁断の青葉城大手門を通り、青葉山の台地上にある亀が岡八幡宮まで行った。ここからは青葉城内が見渡せたはずである。

仙台から同じ伊達領内の平泉に行くのに石巻経由で行ったことも謎である。仙台で知った大淀三千風の弟子北野加之が書いてくれた絵図や紹介状にある仙台から平泉に行く道をたどらず、従ってその途中にある「姉歯の松」を始めとする歌枕を見ず、「ふと道踏み違えて」石巻に行ってしまった。その結果、仙台米の江戸への積み出し状況を石巻で見ることができ、さらに北上して登米付近で伊達藩の新田開発状況も見ることができた。このルートは紹介状もなかったので、泊まる宿もなく飲むための湯をもらうのに苦労した。そこに親切な武士今野源太左衛門が現れて便宜を図ってくれるのである。まことに謎の旅といわねばならない。

その代表的で象徴的なものとして仙台城大手門の謎を挙げたい。

Ⅱ、芭蕉と曾良の仙台四泊五日

歌枕の多い仙台一帯

元禄二年五月四日、芭蕉師弟は伊達氏六十二万石の城下町仙台に入り、八日まで滞在した。まず『おくのほそ道』の本文からみよう。

＊

名取川《なとりがわ》を渡《わたり》て仙臺に入《いる》。あやめふく日也。旅宿をもとめて四、五日逗留《とうりう》す。爰《ここ》に畫工加右衛門と云《いう》ものあり。聊《いささか》心ある者と聞て知る人になる。この者、年比《ごろ》さだかならぬ名どころを、考《かんがえ》置侍《おきはべ》ればとて一日《ひとひ》案内す。宮城野の萩茂りあひて秋の気色《けしき》思ひやらるゝ。玉田、よこ野、つゝじが岡はあせび咲ころ也。日影ももらぬ松の林に入《いり》て爰《ここ》を木の下と云とぞ。昔もかく露ふかければこそ、みさぶらひみかさとはよみたれ。薬師堂、天神の御社など拝て其日はくれぬ。猶《なほ》、松嶋、塩がまの所々《ところどころ》畫に書て送る。且《かつ》紺の染緒《そめお》つけたる草鞋《わらぢ》二足餞《はなむけ》す。さればこそ風流のしれもの爰《ここ》に至りて其實を顕《あらわ》す。

あやめ草足に結ん草鞋《わらじ》の緒

＊

この文章を以下に解釈する。

名取川《なとりがわ》を渡って仙臺に入った。あやめふく日（五月五日の前日）であり、旅宿をもとめ四、五日逗留《とうりう》した。ここに畫工加右衛門という者があり、いささか風流な心のある者と聞き知る人となった。この者が「古歌などに詠まれた名所で、はっきりしないものを、ここ数年調べておいたので」と言って、ある日、案内してくれた。宮城野の萩は茂りあって、さぞ秋の気色《けしき》は良いものであろうと思いやられた。玉田、横野、榴ヶ岡は、あせびが咲いているころであった。日影ももらぬ松の林に入ると、ここを木の下だと云う。昔もこのように露が深かったので、「みさぶらひみかさ」と詠んだのであろう。薬師堂、天神の御社などを拝んで、その日は暮れた。なお松嶋、塩竈の所々を絵に書いて贈ってくれた。また紺の染緒《そめお》をつけた草鞋《わらぢ》二足を餞別にくれた。さればこそ風流のしれ者が、ここに至ってその正体を現したのだ。

あやめ草足に結ん草鞋の緒　（あやめ草を草鞋《わらじ》の緒として足に結ぶとは風雅なことである）

曾良日記から見た芭蕉の仙台滞在

『おくのほそ道』の本文を読む限りは、まことに風雅な滞在である。ところが仙台城下における芭蕉と曾良の四泊五日を、曾良の随行日記から見ると、だいぶ様相が異ってくる。

この間の様子を、曾良日記を基にまとめてみる。

［曾良日記］　五月四日（陽暦六月二十日）

一、四日　雨少止。辰ノ尅、白石ヲ立。折々日ノ光見ル。岩沼入口左ノ方ニ竹駒明神ト云有リ。ソノ別当ノ寺ノ後ニ武隈ノ松有。竹がきヲシテ有。ソノ辺侍やしき也。古市源七殿住所也。

○笠嶋〈名取郡之内〉、岩沼・増田之間、左ノ方一里斗有、三ノ輪、笠嶋と村並而有由、行過テ不見。

○名取川、中田出口ニ有。大橋小橋二ツ有。左ヨリ右ヘ流也。

○若林川（現・広瀬川）、長町ノ出口也。此川一ツ隔テ仙台町入口也。

夕方仙台ニ着。其夜、宿国分町　大崎庄左衛門。

予定されていた仙台到着日と「あやめ葺く日」の誤解

おりしも梅雨の最中だったが、雨は少し止んで日の光がさして来た。「あやめふく日」とは井原西鶴が指摘しているように五月四日のことである。しかし五月五日と思っている人も多い。どちらが正しいか。五月五日の節句に屋根をあやめで葺く風習があるが、五日に葺いたのでは間に合わない。葺くとはその前日の行為であり、五月四日のことになる。これは門松を立てる日が元日ではないのと同じことである。

芭蕉師弟は仙台入りをむりやり急いだ形跡がある。それはこの日に仙台に着かねばならなかった理由があったとすれば納得がいく。芭蕉がめざしていたと思われる情報収集の二つの大きな対象は伊達家の仙台と前田家の金沢だったと思われるが、仙台は五月五日（実際には前日のあやめふく日）、金沢は八月十五日と定めてあったのではないか。これによって行動日程の大枠ができていたと考えられる。「あやめふく日」は仙台到着予定日の暗号のようでもある。しかし五月四日に仙台に着くことが決まっていたなら、事前にゆとりのある日程が組めたはずではなかったか。（小著『奥の細道の謎を読む』参照）

仙台到着前の宿泊地を逆にたどると、白石、飯坂、福島、郡山と結構きつい。問題はその前の須賀川の七泊で、当初六泊のつもりだった。曾良の日記に「廿八日発足ノ筈定ル。矢内彦三良来テ延引ス」とあり、四月二十八日出発が二十九日になったことがわかる。芭蕉たちはさらに「あやめふく日」を五月五日と誤解していた節もある。それが四日のことだと気が付いたのが飯坂あたりだったとすればあわてたであろう。健脚の芭蕉師弟にとって一日の延引は取り返せたろうが、「あやめふく日」の誤解もあったとすれば二日の差となる。そのしわよせは飯坂の医王寺の庫裏にも寄らず宝物も見ず、五月雨の中での藤中将実方の塚、箕輪笠嶋の割愛となったのであろう。

仙台に着いた芭蕉は仙台の中心部にある国分町《こくぶんちょう》の大崎庄左衛門方に泊まった。

芭蕉と曾良が会おうとした人、橋本善右衛門、泉屋彦兵衛方甚兵衛、大淀三千風…

［曾良日記］　五月五日（陽暦六月二十一日）

一、五日　橋本善衛門殿へ之状、翁持参。山口與次衛門丈ニテ宿へ断有。須か川吾妻五良七ヨリ之状、私持参、　大町弐丁目、泉屋彦兵へ内、甚兵衛方へ届。甚兵衛留主。其後、此方へ見廻、逢也。三千風尋ルニ不知。其後〈国分町ヨリ立町へ入、左ノ角ノ家の内〉北野や加衛門ニ逢、委知ル。

翌五日、芭蕉師弟は朝からあわただしく動いた。彼等が会おうとした人物は三人いた。仙台藩士橋本善右衛門信行　家禄六百石、家格は召出《めしだし》（伊達家上士八階級中の八番目）、伊達綱村が幼児亀千代だった時の守役・橋本善右衛門高信の子、綱村の成長後も父子二代にわたり信頼の厚い側近だった。芭蕉は善右衛門宛ての手紙を持って訪ねたが病気で会えなかった。あとで善右衛門の用人山口与次衛門が宿へ断りに来た。

泉屋彦兵方・甚兵衛　曾良は大町二丁目の泉屋彦兵方にいる甚兵衛に宛てた紹介状を持って訪ねたが不在で会えず、あとで甚兵衛が宿へ尋ねて来る。「甚兵衛に大淀三千風のことを聞くが知らず、立町に住む北野屋加右衛門に会って様子がわかった」と曾良は日記にある。このことから甚兵衛より目当ては俳人大淀三千風であったことがわかる。

俳人**大淀三千風**《おおよどみちかぜ》 寛永十六年（一六三九）伊勢射和村《いさわ》（現松阪市）に生まれ、芭蕉より五歳年上で姓は三井《みつい》、後の三井財閥の祖・豪商三井と同郷同姓の商人。仙台に来て俳人として活躍、独吟三千句を達成し三千風と号した。芭蕉が仙台に来る七年前（天和二年）に自身が刊行した『松嶋眺望集』に芭蕉の「武蔵野の月の若ばえや松島種《だね》」という句を載せており、芭蕉と面識はなくても知人だった。この三千風が芭蕉が来た時なぜ仙台にいなかったか。彼は日本行脚の旅を志し五年の旅のあと一度仙台に戻り、再び出発したのが二年前の貞享四年（一六八七）三月十九日で、同月下旬に須賀川に寄って相楽等躬と会い四月三日須賀川を出て、八日に江戸本町の豪商富山家に着いている。芭蕉が等躬宅に七日もいてこれから行く仙台の三千風の話が出ないはずはない。不思議なことである。

芭蕉と曾良があてにした人が会えないでいる時に登場したのは大淀三千風の弟子・北野加右衛門（加之）であった。加右衛門は仙台立町に住み、画家で俳人だった。本姓を山田氏とする説もある。

なぜ青葉城大手門を通れたのか、青葉城がよく見えた亀が岡八幡宮

［曾良日記］　五月六日（陽暦六月二十二日）

一、六日　天気能。亀が岡八幡ニ詣。城ノ追手ヨリ入。俄ニ雨降ル。茶室へ入、止テ帰ル。

翌六日の曾良の日記は、以上のこのわずか一行である。しかしこれが重要である。まさに芭蕉と曾良の旅のハイライトというべきものが、この一行に凝縮されているからである。

芭蕉と曾良は国分町の宿を出て広瀬川に架かる大橋（名取川大橋とは別）を渡った。大橋から先は川内（かわうち）といい他国者が勝手に出入できない。さらに追手門を通って仙台城（別名青葉城）内に入り亀岡八幡に参詣した。追手門とは大手門のことで、豊臣秀吉が朝鮮出兵の際、九州名護屋に築いた城の壮大な大手門を移築したもので、後水尾天皇から与えられた菊と桐の紋章が輝き、伊達家臣も日常は通らず北の扇坂から登城していた。芭蕉師弟が城内に入ったばかりか、この禁断の門を通ったことは不思議である。亀岡八幡は芭蕉師弟が来る六年前の天和三年（一六八三）伊達綱村が壮麗な社殿を建てた。昭和二十年の空襲で社殿は仙台城大手門とともに焼失し、四層三百三十四段の石段だけが残った。この石段の上から芭蕉師弟には青葉城内の様子がよく眺められたはずである。仙台藩はこのように芭蕉たちに臨戦体制にない平和な城の様子を垣間見せたのであろう。

この日のことについて芭蕉は『おくのほそ道』の本文の中で何も触れていない。

しゃれて高価な贈物3点セット……「ほし飯」「のり」「紺の染緒のわらぢ」

［曾良日記］　五月七日（陽暦六月二十三日）

一、七日　快晴。〈北野加之〉加衛門同道ニ而権現宮ヲ拝。玉田、横野を見、つゝじが岡ノ天神へ詣。木の下へ行。薬師堂古へ国分尼寺之跡也。帰リ曇。夜ニ入、加衛門、甚兵エ入来。冊尺并横物一幅づゝ、翁書給。ほし飯一袋、わらぢ二足、加衛門持参。翌朝、のり壱包持参。夜ニ降。

翌七日、北野加右衛門は、芭蕉師弟を東照宮を始め宮城野、つつじが岡の天神、国分寺跡の薬師堂などの名所に案内した。芭蕉が天神、薬師堂参拝に触れ、東照宮に触れていないのは日光との重複を避けたからであろう。その晩、加右衛門は芭蕉に「仙台ほし飯《いい》一袋」「紺の染緒をつけた草鞋《わらぢ》二足」、翌日には「海苔」も届けた。

この贈物について「貧しいが心のこもった贈物」としている解説書が多いが、加右衛門は米沢以来政宗に従って来た由緒ある御譜代町の一つ立町に住み豪商とはいかなくても貧しくはなかった。しかも三つの贈物は高価なものだった。仙台ほし飯は伊達家が道明寺ほし飯を改良した最高級のインスタント食品で、幕府へも献上していた。後に赤穂浪士が泉岳寺に引き揚げる途中、伊達家上屋敷門前で振る舞われたカユもこれで、紺の染緒の草鞋《わらぢ》も一般の草鞋とは特に区別された緒を紺に染めた切緒草鞋《きりおわらじ》で、海苔も気仙海岸産の高級品と思われる。

このみやげを持って来たことは何を意味するか。「青葉城も見たのだから、もう仙台から去った方がよい」というシグナルととれる。高価で気の利いた贈物に芭蕉は「風流のしれもの、ここに至りてその実を顕《あらわ》す」と記しているが、褒め言葉としては異常で強すぎる。正体を知られたことへの恐れと苦笑もあったのか。

［曾良日記］　五月八日（陽暦六月二十四日）

一、八日　朝之内小雨ス。巳ノ上尅ヨリ晴ル。仙台ヲ立。十符菅、壺碑ヲ見ル。未ノ尅塩竈ニ着。湯漬など喰。末ノ松山、興井、野田玉川、おもはくの橋、浮嶋等ヲ見廻リ帰。出初ニ塩竈ノかまを見ル。宿治兵へ法蓮寺門前、加衛門状添。銭湯有ニ入。

五月八日、芭蕉と曾良は問題の多かった仙台を出発した。

Ⅲ、親不知の謎

芭蕉の奥の細道の旅には前節で述べたように謎が多いが、とくに北国の難所で知られる親不知通過の項の謎は深い。これが今まで奥の細道に関する研究書、解説書でなおざりにされて来たことは、いささか合点がいかないように思う。

出雲崎から市振までの八日間

［おくのほそ道の本文］

酒田の餘波《なごり》日を重て、北陸道の雲に望《のぞむ》。遥々《はるばる》のおもひ胸をいたましめて、加賀の府まで百卅里と聞《きく》。鼠《ねず》の關をこゆれば、越後の地に歩行《あゆみ》を改《あらため》て、越中の國一ぶり（市振）の關に到る。この間九日、暑湿《しょしつ》の勞に神をなやまし、病《やまひ》おこりて事をしるさず。

文月《ふみずき》や六日も常の夜には似ず

荒海や佐渡によこたふ天河《あまのがは》

芭蕉が「事をしるさず」と省略をしたのに、実際には多くのことがあった。これは曾良日記に基づいていえることだが、越後出雲崎に到着してから市振までの日本海岸を西に進んだ八日間について述べる。

出雲崎からの眺め

七月三日（陽暦八月十七日）新潟を出発した芭蕉師弟は弥彦で一泊、翌四日は出雲崎に泊まった。

「文月《ふみづき》や六日も常の夜には似ず」の句は、曾良の俳諧書留によれば、七月六日、直江津での俳諧の席での発句であることがわかる。「七夕の前の晩はふだんの夜とは異なった思いがある」といった意味である。

有名な「荒海や佐渡によこたふ天河《あまのがは》」の句は、それに先立つ出雲崎での作と思われる。それを裏付ける「銀河の序」と題する芭蕉の文が伝わっている。このあたりで芭蕉は佐渡を眺め、銀河を仰いだのは事実であろう。

曾良日記に出てこない親不知

七月十一日（陽暦八月二十五日）、高田を発った芭蕉と曾良は、能生《のう》に着き、玉屋五郎兵衛方に泊まる。

翌十二日、能生を出発したが、途中の早川で芭蕉はつまずき衣服を濡らしたので川原で干した。芭蕉はこのころだいぶ疲れていたらしい。昼頃、糸魚川に着き、大聖寺のソセツ師からの伝言を受け取ったが、曾良の日記のこの部分は、なにやら暗号めいていて文意がよくわからない。二人は申の中刻、市振に着いて一泊した。この間、天下の難所といわれる親不知（おやしらず）の断崖の下を通ったはずなのに、芭蕉の文章は「今日は親しらず、子しらず、犬もどり、駒返しなど云ふ北國一の難所を越て、つかれ侍れば…」と、通り一遍の実感のない記述だし、曾良の日記にいたっては「親不知」に一言も触れていない。「奥の細道の旅」の大きな謎の一つである。

日本アルプスが日本海に落ち込む断崖絶壁

親不知は、本州の中央を南北に聳える日本アルプス（飛騨山脈）の北端が日本海に落ち込むところで「越後の山の下」と称される。この難所は、とくに「長走り」と呼ばれる「大ふところ」から「大穴」の間は断崖絶壁が二十キロにわたって続く。切り立った絶壁の下の道に荒波が押し寄せ、この断崖の下を通る北陸道は海の波に絶えず洗われ危険この上もない。

旅人たちはどうしたか。断崖の下の街道（江戸時代の表記に従えば海道で、この場合はとくにふさわしい）は、おおまかにいえば直線だが、実際には曲がりくねっている。そこで道の曲がり角に立って目に見える次の角まで、しっかりと見通して、打ち寄せる波の退き時をねらって次の角または岩まで走り抜ける。波が来るまでに次の岩にへばりつけばよいのだが、途中でザンブリと水をかぶってしまう。ひどい場合は波にさらわれる。まさに「親不知、子不知」の難所である。

金沢から、ここを通って江戸へ行く参勤交代で行く加賀前田家百万石の大名行列も通常、この難所を通ったが、どうやって通り抜けたのだろうか。まず馬から荷を下ろして空荷とし、荷は人が担いだ。さらに加賀領の越中新川郡から動員した五、六百人の「波除け人足」が麻縄を持って人垣を作り波を防いで、通過する藩主を守った。
　このような難所を芭蕉と曾良は、どうやって越えたのか。

［おくのほそ道の本文］
　今日は親しらず、子しらず、犬もどり、駒返しなど云《いふ》北國一の難所を越て、つかれ侍れば、枕引よせて寝たるに、一間《ひとま》隔て面《おもて》の方に、若き女の聲二人斗《ばかり》ときこゆ。年老たるおのこの聲も交て物語するをきけば、越後の國新潟と云所の遊女成《なり》し。伊勢参宮するとて、此關までおのこ送りて、あすは古郷にかへす文した〻めて、はかなき言傳《ことづて》などしやる也。白浪のよする汀に身をはふらかし、あまのこの世をあさましう下りて、定めなき契、日々の業因いかにつたなしと、物云《いふ》をきく〱寝入て、あした旅立に、我々にむかひて、「行衛《ゆくえ》しらぬ旅路のうさ、あまり覺束なう悲しく侍れば、見えがくれにも御跡をしたひ侍《はべら》ん。衣の上の御情に大慈のめぐみをたれて結縁せさせ給へ」と泪を落とす、不便《ふびん》の事には侍れども、「我〱は所々にてとゞまる方おほし。只人の行にまかせて行べし。神明の加護、かならず恙《つつが》なかるべし」と云捨《いひ》て出つゝ、哀さしばらくやまざりけらし。
　一家《ひとつや》に遊女もねたり萩と月

曾良にかたれば、書とゞめ侍る。

市振では遊女と同宿したのか

市振での遊女の話は、那須野の可憐な少女かさねと対比してみると面白いといわれる。「一家《ひとつや》に遊女もねたり萩と月　曾良にかたれば、書とゞめ侍る。」としているが、曾良の日記にはこれに関する記述は一切ない。この遊女の話は創作と思われるが、ある種の情感がこもっていて、『おくのほそ道』の特色の一つとなっている。

この間の状況を曾良日記から見てみよう。

［曾良日記］

○十一日　快晴。〈暑甚し〉未の下尅、高田を立つ。五智、居多を拝す。名立への状届けず。直に能生へ通り、暮て着く。玉や五良兵衛方に宿る。月晴。

○十二日　天気快晴。能生を立つ。早川にて翁つまづかれて衣類濡れ、川原で暫く干す。午の尅、糸魚川に着く。荒ヤ町、左五左衛門に休む。大聖寺ソセツ師言伝てあり。母義、無事に下着、此の地平安の由。申の中尅、市振に着き宿す。

○十三日　市振立つ。虹立つ。（以下略）

これを見てもわかるように、曾良日記には親不知通過のことも、市振での遊女のことも何も

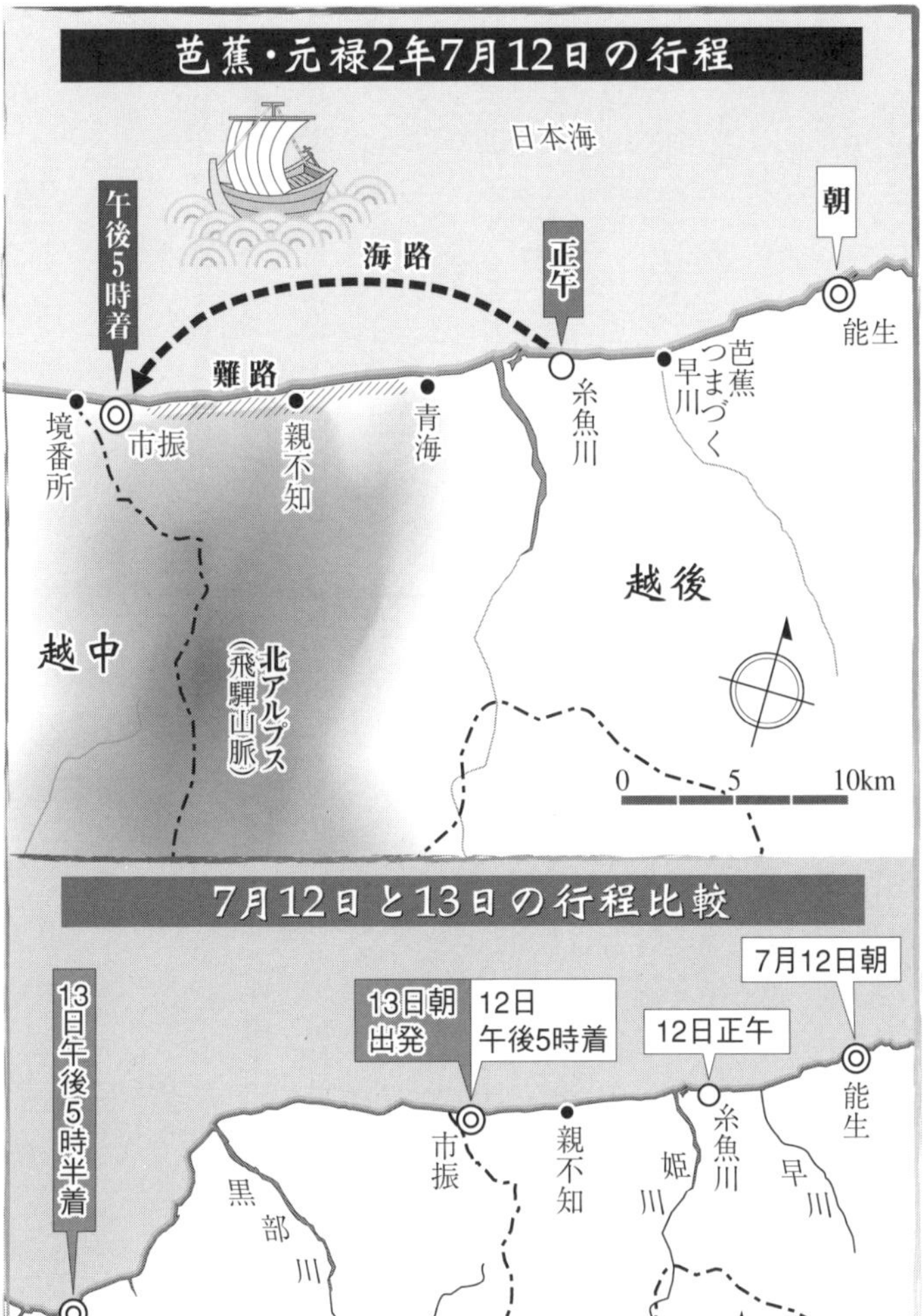
芭蕉・元禄2年7月12日の行程
日本海
朝
正午
海路
午後5時着
難路
能生
芭蕉つまづく
早川
糸魚川
青海
親不知
市振
境番所
越後
越中
北アルプス（飛驒山脈）
0 5 10km
7月12日と13日の行程比較
7月12日朝
13日朝出発
12日午後5時着
12日正午
13日午後5時半着
能生
糸魚川
姫川
早川
親不知
市振
黒部川
滑川
0 5 10km

記されていない。

親不知の難所を通らなかった五つの理由

結論をいうと、親不知の険を芭蕉と曾良は通らなかった。その理由は、陸路通るのは時間的に無理である。十二日午の尅（正午）に糸魚川に着き休んでいる。当然ここで昼飯を食べたであろう。申の中尅（午後五時ごろ）、市振に着く。正味四時間余で糸魚川——市振間を歩いたことになる。糸魚川——市振間は五里半、しかも親不知の険がある。これを疲労した芭蕉が四時間余で踏破することは困難である。芭蕉が疲労していたことは、この日の昼前、早川を渡る時に躓いたことから想像できる。健脚の芭蕉がつまずくということは疲労していたからである。現在は、海岸沿いの断崖の上をトンネルも使って国鉄以来の北陸線が走っている。

その駅間距離は次の通りである。

糸魚川	
青　海	六・六キロ
親不知	五・三キロ
市　振	八・六キロ
	計　二〇・五キロ

この二〇・五キロは、トンネルも使った直線距離だから、断崖下を歩く距離は最低でも五里半（約二二キロ）程度にはなろう。親不知の険を敬遠して海路をとったとすれば、五里半の行程を四時間余で行くことも可能となる。（地図参照）

芭蕉と曾良が海路をとったとする理由は、①所要時間の問題。②市振は港であり、幕府の命令によって関所の他に舟見番所があったことは、舟で行く者がいたことになる。③物見遊山の旅でないとすればあえて親不知の難所を通る必要はなかった。④有名な難所を海から子細に観察したかった。⑤曾良が日記で親不知に触れていないことである。

出羽から越後に越えるところに葡萄峠という難所がある。六月二十八日、芭蕉と曾良はこの峠を越える時、「名に立つほどの難所ではなく」と誇らしげに書いた曾良、またこの七月十二日に芭蕉がつまずいて衣類をぬらしたことを「早川にて翁つまづかれて衣類濡れ川原で暫く干す」と書くほどの曾良が同日の親不知通過を書かないのは通過しなかったからにほかならない。そう考えて芭蕉の『おくのほそ道』の本文を改めて見ると、「今日は親しらず、子しらず、犬もどり、駒返しなど云北國一の難所を越て」とあるが、具体的な描写はない。このことは何を意味するのだろうか。芭蕉も曾良も、親不知は海から見て通り過ぎたのである。その意味で曾良日記はもちろん『おくのほそ道』も、うそは書かなかったといえるのであろう。

参勤交代の前田家と芭蕉の違い

加賀前田藩が数百人の波除け人足まで動員して、この難路を通ったのは、この海道が参勤交代の指定路であり、参勤交代は幕府体制下における「軍役」だからである。「軍役」とは「いくさ仕立て」であり、騎馬武者、徒武者、槍、弓、鉄砲といった人員、武器も規定に従ってそろえねばならず、百万石の前田家の場合は二千五百人以上の人数を必要とする。大名が泊まる宿舎を「本陣」と称するのも「いくさ仕立て」であるからにほかならない。前田家は「軍役」の義務を履行するため、規定された道も守り、百万石の威信にかけて堂々と行進した。

ここが参勤交代の前田家と、芭蕉たちの違いであって、芭蕉一行が疲労しているのに難路を無理に通る必要はない。糸魚川から船に乗る。しかも前田領に入る一歩手前の市振には船番所があって、沖を無断で通り過ぎることはできないが、市振で上陸すれば問題はなかった。

芭蕉も曾良も苦労して断崖の道・親不知の険を通る必要はなかったのである。

七、不易流行説の謎

―芭蕉が本当に説いたのか―

I、芭蕉に離反した人々と蕉風の変遷

反旗を翻した者

芭蕉の弟子たちの中には、芭蕉について行けなくなり、脱落したり、反旗をひるがえすような者まで出たのは、どういうことであろうか。

芭蕉から去って行った弟子の中には、芭蕉と『更科紀行』の旅を共にした越人、あるいは野水、凡兆など信頼されていたとみられる人々や、近江蕉門代表格の尚白（一一三ページ参照）『嵯峨日記』に出て来る僧千那など親しく交際していた者も挙げればきりがないほどだ。

「かるみ」が理解できない

芭蕉の持つ人間への好悪の感情もあろう。しかし、芭蕉の作風、いわば蕉風が時代とともに

変化して行くのについていけなかった者が多かったであろう。

蕉風——芭蕉の作風といっても、時期によって変化する。芭蕉が尾張の連衆と貞享元年(一六八四)に巻いた『冬の日』五歌仙は蕉風開眼の書ともいわれるが、以後『春の日』『曠野《あらの》』『ひさご』『猿蓑《さるみの》』『炭俵』『続猿蓑』と続いて選集され、蕉風理解のバイブルのようにいわれる『俳諧七部集』にしてもそれぞれに変化して行く。

「わび」と「さび」に始まり、元禄五年ごろから芭蕉が熱心に説き出した「かるみ」に到る。これが蕉風の確立ないし変化・発展であろう。もちろん、「わび」「さび」を捨てたわけではないが、変化、発展の段階でニュアンスが異なってくる。

この変化・発展、とくに「かるみ」について行けなくなる者も出たことは、それぞれの資質、理解度によって当然であろう。それほどに芭蕉の変化・発展は大きかったといえる。

芭蕉は生涯を通じて俳諧の変化について工夫した。この変化と飛躍について行けない弟子が多かったのは当然であり、「芭蕉の変化していった文学精神が追随者たちに理会せられるはずはない」と、折口信夫は指摘している。

① わび と さび

「わび」とは、おごりを捨て静かな生活をたのしむ芭蕉の生活の美的理念であるとするならば、「さび」は、閑寂の境地で落ち着いた俳諧上の芭蕉の美的理念であるといえる。

天和元年（一六八一）三十七歳の暮に、

暮々て餅を木玉《こだま》の侘寝《わびね》哉

ついで翌年

侘てすめ月侘斎《わびさい》が奈良茶歌

が、生活の上での「わび」を詠んだものであるならば、有名な

枯枝に烏のとまりけり秋の暮

の句は、「さび」を表したものといえる。

芭蕉の俳諧の理念は、さらに

② しほり（湿《しほり》）　作者の心にある哀感が、句または句の余情に自然と現れること、芭蕉の弟子去来は「しほりといふは、趣向、詞、器の哀憐なるを言ふべからず。しほりと廉なる句は別なり。たゞうちに根ざして外にあらわるゝもの也。言語筆頭をもってわかちがたからん。強いてこれをいはゞ、しほりは句の余情にあり…。」と言っている。

ほそみ（細み）　句に詠む対象に対する作者の深くこまやかな心の動き

③ かるみ（軽み）　と発展して行く。軽るみは、重みといったものを排するために唱えた語である。

門人の野坡《やば》らが編集した『炭俵』（芭蕉七部集の一つ、元禄七年六月ごろ完成）は、「か

るみ」の作風を示したものとして知られるが、その中にある芭蕉と野坡の両吟歌仙の発句

梅が香にのっと日の出る山路かな

は、芭蕉の「かるみ」を伝えるものとされる。

ただ芭蕉は、「かるみ」を唱導する一方で「興」ということも唱えた。

④　かるみ　と　興（きょう）

「興」とは、本来、俳諧が持つ滑稽、ユーモアを失わないように、「かるみ」と並べたものと思える。元禄七年六月二四日、膳所の義仲寺無名庵に滞在していた芭蕉から江戸の杉風に宛てた手紙に「先《まづ》かるみと興と専《もっぱら》に御はげみ、人々にも御申可被成候」とある。

Ⅱ、謎の俳論「不易流行」

芭蕉自身の言葉は不明

芭蕉は元禄二年、みちのく行脚（奥の細道の旅）で、蕉風俳諧を確立し「不易流行《ふえきりゅうこう》」を説いたという。不易流行とは変わらぬもの「不易」と世に従って移り行くもの「流行」と、一見相反するものが、実は一体となって発展していくという意味であろう。

芭蕉のこの考えの契機となったのは、松島の天工の美、月山の雪渓の中にミネザクラを見た

ことによるともいわれる。しかし芭蕉自身がどう言ったかは明らかでない。

ただ一つの手掛かりは「奥の細道」の旅を終えた翌元禄二年十二月に、去来に宛てた書簡であろうか。そこには次のようにある。

「…彼義《かのぎ》は、只今天地俳諧にして万代不易に候。大言《たいげん》おとなしくても、おとなしき様なくては風雅精神とは申されまじく候。却而《かえって》、云分《いひぶん》ちひさき様に存じ候。…」

しかし、ここには流行という言葉はない。そこで「芭蕉の考えはこうだ」という弟子たちの言に頼らざるを得ない。ところが、その弟子たちの伝えるところも微妙に異なる。

微妙に異なる弟子たちの言説

去来の説　「句に千歳・不易の姿あり、一時流行の姿あり、これを両端に教えたまえども、その本一なり。一なるはともに風雅のまことをとればなり、不易の句を知らざれば本たちがたく、流行の句を学びざれば風あらたまらず。よく不易を知る人は往々にして、うつらずといふことなし…」

土芳の説　「師の風雅に万代不易あり、一時の変化あり、この二つにきわまり、基本一なり。その一といふは風雅のまことなり。不易を知らざれば、実に知れるにあらず、不易といふは新古によらず、変化流行にかゝわらず、誠によく立ちたる姿なり。また千変万化するものは自然の理なり、変化にうつらざれば風あらたまらず。これに押し移らずといふは、一旦の流行に口質時を得たるばかりにて、その誠をせめざるなり。せめず心をこらさゞるもの、誠の変化を知るということなし。ただ人にあやかりて行くのみなり。…行く末、千変万化するとも誠の変化は、みな師の俳諧なり…」

北枝の説　「蕉門正風の俳道に志あらん人は、天地を右にして万物、山川草木、人倫の本情を忘れず、落花落葉の姿にあそぶべし。その姿にあそぶ時は道、古今に通じ、不易の理を失わずして流行の変にわたる、しかる時は志、寛大にして物にさはらず、けふの変化を自在にし、世上に和し、人情に達べしと、翁申したまひき。」

許六の説　「誹諧に不易流行といふ事あり、この二体の外はなし。（されど）近年、不易流行にくらまされて真の誹諧血脈の筋を取り失う。あるいは不易がよし、また流行すぐれたりとなどいふやからもあれども甲乙はなし。血脈相続して出生すれば不易流行の形は自ずから備はる。あながちに不易流行を貴しとするものにはあらず、万葉、古今より相続したる血脈あり、師、この血脈を発明して世上に広めたまふ…」

＊

どの説も微妙に違うが、そもそも「新味」、あるい「軽み」を説くのと、「不易流行」とでは次元がことなる。芭蕉の直接の言葉がない以上、さらには弟子たちの所論も、そのそれぞれの死後に世に現れたものが多く、謎の俳論といってもよいと思う。

「コンニャク問答のようになった？」

去来や土芳が不易流行を「風雅の誠から流れ出たもの」と説明していることも、また去来、土芳や許六が不易流行という言葉を使いながら不易のことはあまり言わず、主として流行を説いていることを見ても、芭蕉の強調（ベトーヌング）のありどころがどこにあったか想像するのに、ある程度の示唆を与えるもののようにも思われる、とも小宮豊隆は述べている。（『芭蕉の研究』）

しかし、芭蕉の弟子たちには、芭蕉の言うことが、もしくは芭蕉の強調のありどころが十分に徹底しなかったらしい。ある者には一つのものが二つになる事がよく分からなかった。またある者には抽象されたものと、その抽象されたものの面影としての具体と、その二つのものの関係がよくのみこめなかった。このようなことから、小宮豊隆も言うように、「芭蕉が死んで年数がたてばたつほど、不易流行という説は、わけのわからないコンニャク問答の記録のようなものになってしまう」ことになる。

八、蕉門の謎

―なぜ弟子が多いのか―

芭蕉には多くの弟子がいる。芭蕉の門下を蕉門というが、その数三千人ともいわれる蕉門の急速な形成には謎がある。

Ⅰ、蕉門の人々

松尾芭蕉には数多くの弟子がいた。中でも双璧といわれるのは寶井其角と服部嵐雪である。其角の弟子に早野巴人があり、巴人の弟子が與謝蕪村である。

芭蕉の弟子の中で特に優れた人を後世、蕉門《しょうもん》（芭蕉の門下）の十哲と呼ぶようになった。今回はこの十哲を中心に芭蕉の主な弟子たちを、それぞれの作品を鑑賞しながら紹介してみる。（十哲というのは選ぶ人によって異なるが、どの場合でも十人の中に、寶井其角、服部嵐雪、向井去来、内藤丈草の四人が含まれている。以下、人名の太字は著者が選んだ十哲である）

十哲と主な弟子たち

寶井其角《たからいきかく》　寛文元年（一六六一）～宝暦四年（一七〇七）　四十六歳

榎本氏。明朗闊達な作風に加えて奇抜な発想を持つ。少年の時からの芭蕉の弟子。晋子《しんし》と呼ばれる。

句　集『五元集』　冒頭句　御秘蔵に墨を摺せて梅見哉　巻末句　行年や貉評定夜明迄

『五元集拾遺』冒頭句　日の春をさすがに鶴の歩み哉　巻末句　ゆゝしさや御年男の旅姿

有名な句　鐘ひとつ売れぬ日はなし江戸の春　越後屋にきぬさく音や衣更《ころもがえ》

夕すゞみよくぞ男に生まれけり　我雪とおもへば軽し笠のうへ

其角の名を高めたのは、隅田河畔・三囲《みめぐり》神社で、頼まれて詠んだ雨乞いの句である。

◇

牛島三めぐりの神前にて雨乞するものにかはりて

夕立や田を見めぐりの神ならば

翌日雨ふる

佳　句　昔かな初音三井寺夢の春　夕立にひとり外見る女かな

鶯の身をさかさまに初音哉　名月や畳の上に松の影

門　人　早野巴人（蕪村の師）、松木淡々、稲津祇空、桑岡貞佐、老鼠軒湖十、大日秋色女
　　　　ほか

服部嵐雪《はっとりらんせつ》　承応三年（一六五四）〜宝暦四年（一七〇七）　五十三歳

江戸湯島の生れ、新庄隠岐守、のち井上相模守に仕え、元禄三年ごろ武士をやめる。内気で凝り性でもあった。作風は質実な中に繊細な神経もみせ、けれん味に乏しいが、捉えるものはしっかりと捉えている。芭蕉をして「両の手に桃と桜や草の餅」と其角と並んで推賞された。

句　集『玄峰集』冒頭句　須磨明石見ぬ寝ごゝや寶舟
　　　　　　巻末句　一葉ちる咄《トツ》一葉ちる風のうへ（辞世）

有名な句　むめ一輪一りんほどのあたゝかさ　　角力とり並ぶや秋のから錦
　　　　　ふとん着て寝たる姿や東山　　　　　黄菊白菊其外の名はなくもがな

佳　句　元日やはれて雀のものがたり　　　　　出がはりや幼心に物あはれ

門　人　大場廖和、桜井吏登（大島廖太の師）、高野百里、三田白峰ほか

向井去来《むかいきょらい》　慶安四年（一六五一）〜宝永元年（一七〇四）　五十三歳

長崎に生れ、福岡の叔父の許で弓馬、柔《やわら》、剣、軍学を学び、秀才の誉れが高かったが、黒田

藩からの仕官話を断り、京に住み、芭蕉から「西三十三か国の俳諧奉行」といわれるほど信頼されていた。作風は高雅清寂、その俳論書『去来抄』は蕉風俳諧の根本資料として重視される。

句　集　『去来発句集』冒頭句　元日や家に譲りの太刀帯《はか》ん

巻末句　年の夜や人に手足の十ばかり

有名な句　何事ぞ花みる人の長刀（阿羅野）　ほとゝぎすきのふ一聲けふ三聲

うごくとも見えで畑打つ男かな　湖の水まさりけり五月雨

佳　句　上り帆の淡路はなれぬ汐干哉　こがらしの地にも落とさぬしぐれかな

鎧着て疲ためさん土用干　名月や海もおもはず山も見ず（阿羅野）

門　人　村田紗柳ほか

内藤丈草《ないとうじょうそう》　寛文二年（一六六二）～元禄十七年（一七〇四）　四十二歳

尾張犬山城主成瀬家家臣、のち遁生し芭蕉に入門、近江松本に住む。作風は身辺雑事が多く、興に応じて吟じ興尽きて去るといったもので、洒脱な性格だった。芭蕉の「寂び」を伝える第一人者といわれるのは、教養と素質によるものであろう。法華経をよく読んでいた。

句　集　『丈草発句集』　冒頭句　うぐひすや茶の木畑の朝月夜

巻末句　追鳥も山へ帰るか年のくれ

有名な句　大はらや蝶の出てまふ朧月（猿蓑）　郭公鳴くや湖水のさゝ濁り
木枕の垢や伊吹に残る雪　幾人かしぐれかけぬく勢田の橋（猿蓑）
佳　句　しるべして山路もどせよ杜宇　うかくと来ては花見の留主居哉（炭俵）
水底を見て来た貌の小鴨哉（猿蓑）　鷹の目の枯野に居《すわ》るあらしかな
門　人　孤耕菴魯九ほか

各務支考《かがみしこう》　寛文五年（一六六五）～享保十六年（一七三一）　六十六歳

才能に富み多くの門弟を育て、美濃派と呼ばれ、其角の江戸派と対立した。
有名な句　歌書よりも軍書にかなし芳野山　牛呵《しか》る聲に鴫たつ夕べかな
佳　句　食堂に雀啼なり夕時雨　むめが香の筋に立よるはつ日哉（炭俵）
門　人　武藤巴雀、斎藤廖岱、仙石蘆元坊、彭城百川ほか

杉山杉風《すぎやまさんぷう》　正保四年（一六四七）～享保十七年（一七三二）　八十五歳

江戸日本橋小田原町に生れ、幕府に魚を納める商人、通称鯉屋。深川の芭蕉庵の土地を提供し、経済的支援をしていたと見られる。芭蕉は深く頼りにし、西の去来に対し「東三十三か国の俳諧奉行」と呼んだ。

有名な句　朝顔やその日〳〵の花の出来
　　　　　年のうちに詮なき春のたつ日かな
佳　句　手を懸《かけ》ておらで過行《すぎゆく》木槿《むくげ》哉（猿蓑）
　　　　［辞世］瘦顔に団扇をかざし絶し息
門　人　中川宗瑞ほか

河合曾良《かわいそら》　慶安二年（一六四九）～宝永七年（一七一〇）　七十歳

信濃上諏訪に生れ、岩波庄右衛門、のち伊勢長嶋の松平家に仕え河合惣五郎と称す。数年で退職して江戸に来て吉川惟足に和歌と神道を学び、芭蕉の門下となる。深川で芭蕉の身辺に住み、日常の世話をし、「奥の細道」の長期の旅にも芭蕉と同行した。残された曾良日記から見て、綿密な性格と抜群の方向感覚、地理の知識が知られる。その作品は他の十哲に比べ劣るように言う人もあるが、作品の数こそ少ないが決して劣っていない。『おくのほそ道』に曾良の名で収録された句は十一句、この中には実は芭蕉が曾良の名にしたものもあるとの説もあるが、本人の句であることを否定するいわれはない。いずれにしても不朽の古典『おくのほそ道』を通じ曾良の句は読まれているわけで、その意味で芭蕉に次いで読者が多い俳人ともいえる。

有名な句　かさねとは八重撫子の名なるべし
　　　　　卯の花をかざしに關の晴着かな
　　　　　松嶋や鶴に身をかれほとゝぎす（猿蓑）
　　　　　象潟や料理何くふ神祭
　　　　　行〳〵てたふれ伏とも萩の原
　　　　　終宵《よもすがら》秋風聞やうらの山（猿蓑）

佳　句　袂から春は出たり松葉錢　　　春の夜はたれか初瀬の堂籠（猿蓑）

病僧の庭はく梅のさかり哉（続猿蓑）　むつかしき拍子も見えず里神楽（猿蓑）

拝ミふして紅しぼる汗拭ひ　（芭蕉翁の碑前にて）

森川許六《もりかわきょりく》　明暦二年（一六五六）〜正徳五年（一七一五）　五十九歳

彦根に生まれ、井伊家家臣、元禄二年家督相続し三百石。剣、槍、馬に巧み。自負心が強いが単純な性格。鋭い直感力で芭蕉俳諧の神髄を会得したともいえる。編著も多く、狩野安信に学んだ絵を芭蕉に教えた。

著　書　『風俗文選』『正風彦根躰《ぶり》』『和訓三体詩』『歴代滑稽伝』など

有名な句　涼風や青田の上の雲のかげ　十団子《とをだんご》も小粒になりぬ秋の風（以上・五老井発句集）

佳　句　山吹も巴も出る田うへかな（炭俵）　清水の上から出たり春の月（正風彦根躰）

門　人　山本孟遠ほか

志太野坡《しだやば》　寛文三年（一六六三）〜元文五年（一七四〇）没　七十七歳

越前福井の商家に生まれ、江戸に出て越後屋両替店の番頭となる。宝永元年（一七〇四）辞して大坂に移った。元禄七年『炭俵』を刊行し地歩を築く。京坂、中国、九州を中心に門弟一千人という。句風は平俗。

有名な句　みなくくに咲そろはねど梅の花　　はき掃除してから椿散にけり

佳　句　猫の恋初手から鳴て哀也（以上炭俵）　埋火や石つきあてる夜の杖

門　人　多賀庵風律ほか

服部土芳《はっとりどほう》　明暦三年（一六五七）〜享保十五年（一七三〇）　七十三歳

伊賀上野に生れ、内海流槍術をもって藤堂家に仕える。貞享三年（一六八六）二九歳で致仕。その後一時復帰するが引退。芭蕉に近侍し、貴重な俳論書『三冊子』を著す。

作　品　ほと丶ぎす大名に侍人はたれ　　小男鹿のかさなり臥るかれ野哉

むめちるや糸の光の日の匂ひ（炭俵）　［辞世］　あはれなる味あた丶まる火桶哉

門　人　土田梨風ほか

越智越人《おちえつじん》　明暦二年（一六五九）〜享保十五年？（一七三〇？）　七十歳？

北越の生れ、名古屋に出て染物屋を営む。『更科紀行』の旅に芭蕉に随行。作風は理知的、古典的だった。支考の台頭とともに芭蕉と確執を生じ、野水、凡兆らとともも離反する。

有名な句　花にうづもれて夢より直に死んかな

藤の花たゞうつぶいて別哉（以上・春の日）

佳　句　何事もなしと過行柳哉　　行年や親にしらがをかくしけり（以上・阿羅野）

門　人　大塩風扇ほか

廣瀬惟然《ひろせいぜん》　？～正徳元年（一七一一）　六十余歳で没

晩年の芭蕉に近侍。俳風は自然のままに軽妙洒脱。極貧を苦にせず、無技巧、口語句、無季句を作った。

作　品　雲どもはどふあれ月のまっすぐな　　張残す窓に鳴入るいとゞ哉

朝霧のいさり車や草の上　　しがみ付岸の根笹の枯葉哉

先米の多い処で花の春　　行水や戸板の上の涼しさに

口語句　水さっと鳥よふはく／＼ふうはふは　　水鳥やむかふの岸へつういく／＼

門　人　井上千山ほか

岩田凉菟《いわたりょうと》　万治二年（一六五九）～享保二年（一七一七）　五十八歳

伊勢の神職の子という。伊勢派の基礎を作り支考と親しかった。作風は平明軽妙を旨とした。

作　品　それも応これもおうなり老の春

門　人　中川乙由ほか

水田正秀《みずたまさひで》　明暦三年（一六五七）～享保八年（一七二三）　六十六歳

近江膳所の人。湖南蕉門後期の代表的俳人。芭蕉の終焉の際看病に努めた。作風は男性的。

作　品　蔵焼けて障るものなき月見哉　　猪の吹きかへさる丶ともしかな

門　人　北川可文、北川文素、窪田松琵ほか

立花北枝《たちばなほくし》　?～享保二年（一七一七）没

加賀小松に生れ金沢に出て、兄牧童とともに前田家出入りの刀の研師となる。元禄二年、奥の細道の旅での芭蕉を金沢の宿舎に訪ね、以後小松、山中温泉、小松、大聖寺、松岡と随行。

作　品　初霜や麦まく土のうら表　　しぐれねば又松風の只おかず

ふくろうのしらみ落すな花の影　　笠提げて塚をめぐるや村しぐれ（芭蕉三回忌に）

門　人　子日庵仏仙ほか

天野桃隣《あまのとうりん》　慶安二年（一六四九）～享保四年（一七一九）　七十歳

伊賀上野の人。江戸に出て神田に住む。芭蕉の従兄弟または甥との説もある。元禄九年芭蕉

三回忌の法要ののち「奥の細道」の足跡をたどり、『陸奥鵆《むつちどり》』を著した。

作品　うぐひすの声に起行雀かな（炭俵）　　白桃や雫も落す水の色

門人　切部桃隣ほか

Ⅱ、蕉門の人々の比較論

以上に挙げた十哲などといわれる蕉門の人々の比較について、同時代の去来『落柿舎旅寝誹論』序と、やや後代の蝶夢『去来発句集』序にある論が面白いので、次に示す。

去来『落柿舎旅寝誹論』序　の蕉門比較

長崎といふ所に旅ねしけるに、都の書林重勝がもとより此比《このごろ》の集なりとて、浪花（浪化）の續ありそ、風国が泊船、許六が篇突《へんとつ》、三ツの集を送る。或日此浦の卯七、魯町などゝ共に是を披けるに、外の二ツは發句連誹を乗せられ、篇突集は此道のをしへ工夫の便りをしるして執行の人の助すくなからず。然共《しかれども》まゝうたがはしき筋も見え侍れば彼此《かれこれ》難諌をおこして一つの書にとゞむ。我蕉門に年ひさしき故に虚名高しといへ共、句におゐて其しずかなる事、丈草に及ばず、其はなやかなる事、其角に及ばず、軽き事、野坡に及ばず、あだなる事、土芳に及ばず、たくみなる事、正秀に及がたし。曲翠、半残、野水、越人、洒堂がともがら、今此道にほこらずといへ共、各おそるべき一筋あり。猶此人くのみに限らず。さればつたなき才をもつていたづらに評をなさんは、さすがに軽く覺侍れども、日比《ひごろ》聞置たる師説をうしろ立に此品々をのぶ。かならず鹿をとらへて人をあざむくやうにはあらじと思ひ侍るのみ。

元禄十二巳卯（一六九九）三月日

去来旅人自序

蝶夢『去来発句集』序　の蕉門論

わが世尊に十大弟子とて、やんごとなき羅漢のおはしけるにも、智恵第一の何、神通第一の何とかやいふて、その一ツ〳〵修し得たる徳のおはしける。また孔子の十哲とて、かしこき人〳〵のいまぞかりけるにも、徳行は誰、言語には誰と、己〳〵が學び得し道の有けるとぞ。

芭蕉翁の風雅の門人にも、其角はその句躰花やかに、丈草は静に、野坡は軽く、土芳はあだに、許六ははたらきあり、正秀は奇に、支考はほどけたりなど、去来の評ありし如く、己が好たる句躰の一すじによりて、かた糸のかた〳〵に習ひ得たるなるべし。これ蕉翁一人の教より出て、かくその句躰のかはりたる、これや世尊の十大弟子、孔子の十哲のたぐひなるべし。

されば其門人多かる中にも、關東に其角、嵐雪といひ、關西に去来、丈草とて、難弟難兄の上足なれども、其角、嵐雪は風雅を弘むるを業とし、もはら名利の境に遊べば、またその流れを汲む輩も多くて、其角に五元集、嵐雪に玄峰集などいへる家の集ありて世につたふ。さるを去来、丈草は、蕉翁の直指《じきし》のむねをあやまらず、風雅の名利を深くいとひて、ただ拈華微《ねんげみ》笑《しょう》のこゝろをよく傳へて、一紙の傳書をも著さず、一人の門人ももとめざれば、ましてその發句を書集べき人もなし。この寥々たるこそ蕉翁の風雅の骨髄たるべけれ。

予としごろ此二人の風雅をしたひて嵯峨野ゝ春に遊びては、梢にちかき嵐山と吟じて落柿舎にむかしをかたり、粟津の浦の秋の月にうかれては、秋の廻るや原の菴と詠て、岡の堂のすたれたるをなげく。

かしこにずし、爰《ここ》に思ひ出て、書あつめたる發句を久しく衣嚢の底にかくし置しを、このごろ嵯峨の重厚、粟津の魯江の二法師、寫んことをあながちにこひもとめぬるに見せしむ。かならずや窓の外へ出して、いたづらに古人の心に背く事なかれ。

明和八年卯（一七七一）の春二月東山岡崎北里　五升菴にて　蝶夢　記

Ⅲ、愛する弟子杜國

『笈の小文』の旅

芭蕉には愛する弟子杜國がいる。

芭蕉は元禄元年（一六八八）三月、伊良湖に隠棲していた弟子の坪井杜國《とこく》と二人で旅をして、吉野の桜を眺め、高野へ赴いた。

杜國は坪井氏、『冬の日』の連衆の一人。名古屋の俳人、米商人で、尾張藩によって空米取引を理由に領分追放となり伊良湖に隠棲していた。この旅の二年後、若くして没した。

この二人旅は芭蕉が悲運の杜國を慰めようとしたのが目的であろうが、その様子は、芭蕉の紀行文『笈の小文』で手に取るようにわかる。

以下に『笈の小文』の文章を掲げてみる。

＊

「弥生半過る程、そゞろにうき立心の花の、我を道引枝折《みちびくしおり》となりて、よしの丶花におもひ立んとするに、かのいらご崎にてちぎり置きし人の、いせにて出むかひ、ともに旅寝のあはれをも見、且《かつ》は我為に童子となりて、道の便りにもならんと、自《みづから》万菊丸と名をいふ。まことにわらべらしき名のさま、いと興有。いでや門出のたはぶれ事せんと、笠のうちに落書ス。

乾坤無住同行二人

よし野にて櫻見せふぞ檜《ひ》の木笠

よし野にて我も見せふぞ檜の木笠　　万菊丸」

＊

この句を手始めに、初瀬、葛城山、三輪、多武峯から吉野の桜を愛で、高野山に到る。二人の掛け合いの句は続く。

＊

「　高野

ちゝはゝのしきりにこひし雉の聲

ちる花にたぶさはづかし奥の院　　万菊

　和歌（の浦）

行春にわかの浦にて追付たり

　衣《ころも》更《がえ》

一つぬひ（い）で後に負ぬ衣がへ

吉野出て布子賣たし衣がへ　　万菊　」

愛弟子とのやりとりのうちに芭蕉のはずむような心が感じられる。

嵯峨日記の杜國

芭蕉は元禄二年九月、奥の細道の旅を終え、四年十月に江戸に戻るまでの間、伊勢、伊賀、奈良、近江、京に滞在した。『嵯峨日記』はこの間の元禄四年四月十八日、京の郊外嵯峨野にある門人向井去来の別荘「落柿舎《らくししゃ》」で十七日間を過ごした状況を、芭蕉自身が日記体に綴ったもので、芭蕉の唯一つ残された日記といってよい。去来は芭蕉が東の杉風と対比し「西三十三か国の俳諧奉行」とたわむれに呼んだほど信頼した弟子であった。

『嵯峨日記』の内容は能の舞台を見るようだ。

場所　嵯峨の落柿舎
時期　元禄四年四月十八日〜五月四日
登場人物　芭蕉、去来、
凡兆、羽紅尼、千那、史邦、丈艸、乙州、李由、
夢に杜國
最後に曾良

「元禄四年辛未《しんぴ》卯月十八日、嵯峨にあそびて去来が落柿舎に到る。」で始まり、十八日の去来、凡兆を始め、十九日以後、凡兆、羽紅尼、去来、堅田本福寺の僧千那、史邦、丈艸、乙州らが足繁く訪れている。ところが二十七日は「人来らず」とあり、二十八日になって夢をみる。

その原文の読み下し文は次のようである。

「夢に杜國が事を言い出して、涕泣して覚む。心神相交時は夢をなす。陰盡きて火を夢見、陽衰えて水を夢みる。飛鳥髪をふくむ時は飛ぶを夢見、帯を敷寝にする時は蛇を夢見るといへり。睡枕記（＊李泌の枕中記の誤りか）、槐安國（＊南柯の夢の故事）、荘周夢蝶《さうしうのむてふ》（＊荘子が蝶になった夢）、皆その理有りて妙をつくさず。我が夢は聖人君子の夢にあらず。終日忘想散乱の氣、夜陰の夢又しかり。誠に此ものを夢見ること、いわゆる念夢也。我に志深く伊陽旧里迄したひ来りて、夜は床を同じう起臥・行脚の労をともにたすけて百日が程かげのごとくにともなふ。ある時はたはぶれ、ある時は悲しび、その志、我が心裏に染て忘るる事なければなるべし。覚めて又袂をしぼる。」

と、今は亡い愛弟子杜國への思いを切々として述べている。

　翌日から二日だれも訪れず、三日後に近江光明遍照寺の住職李由、四日後には「奥の細道」の同行者であるなつかしい曾良が訪れ二日をともに過して芭蕉は落柿舎を去って行く。

九、「木曽殿と背中合せ」の謎

―芭蕉の死と遺言―

I、芭蕉の死

旅先の大坂で発病

芭蕉は元禄七年（一六九四）十月十二日、旅先の大坂で没した。

「病中吟」と題した次の句が辞世となった。

旅に病で夢は枯野をかけ廻る

芭蕉はこの年五月十一日、少年次郎兵衛を連れて江戸を出発、東海道を西へ向った。曾良は箱根まで見送った。五月二十二日名古屋、二十八日故郷伊賀上野に着く。翌月の閏五月十六日上野を立ち、琵琶湖畔の大津、膳所を経て、閏五月二十二日、京嵯峨野の落柿舎に滞在、六月八日寿貞尼死亡の手紙を受け返事を書き、次郎兵衛を江戸に帰すこととする。六月十五日落柿舎を去り再び膳所に移り、義仲寺無名庵などに滞在、七月五日、京の去来宅に移り、中旬伊賀上野に帰り九月八日、江戸から戻った次郎兵衛と大坂に向い、奈良を経て九日、大坂到着。翌十日、夕方から寒気、熱、頭痛に襲われる。小康を得て九月二十七日、園女宅の歌仙に招かれ、翌二十八日も句会に参加したが、二十九日晩から下痢、次第に悪化。十月五日、西横堀東入ル本町の之道宅から久太郎町御堂ノ前の花屋仁右衛門の貸座敷に移った。

死の三日前に句の改作、死の前日　其角が駆け付ける

枕許には支考、素牛、之道と次郎兵衛のほか門人で医師の木節、さらに去来、丈草、正秀、乙州、李由らが駆け付けた。

十月八日には、看護していた呑舟に墨をすらせ、「旅に病で夢は枯野をかけ廻る」の句を筆記させた。これが芭蕉の辞世の句となったが、翌九日、支考を呼んで、

前に詠んだ「大井川浪に塵なし夏の月」の句が、園女の句と似通っているので、

清瀧や波に散り込む青松葉

と改めたいと話している。死の直前まで句作について心を砕く芭蕉の姿が彷彿とする。

十日夕刻、高熱に襲われ、自筆で兄半左衛門への遺書を書き、支考には三通の遺書を代筆させる。

十一日夕刻には旅行中の其角が突如、姿を現し、涙の対面をする。其角は少年のころから芭蕉に入門した一番弟子というべき存在、そのありあまる才気が時に同門から、けむたがられた

ようでもあるが、芭蕉はこの弟子の天分を高く評価していた。実際に雨を降らせた江戸・三囲の雨乞いの句（第八章「蕉門の謎」参照）や、師の最期の前日に姿を現すなど其角には、神性といってもよいほどの予知能力があったのかもしれない。

芭蕉は、その翌日申の刻（午後四時ごろ）没した。

Ⅱ、芭蕉の遺言

芭蕉の葬儀

芭蕉が没した十月十二日夜、遺体は遺言によって門人らが淀川舟に乗せ琵琶湖畔の義仲寺に送った。これには其角を始め、去来、乙州、丈草、支考、惟然、正秀、木節、呑舟と、江戸から芭蕉が連れて来た少年次郎兵衛の十人が付き添った。翌十三日の未明伏見に着き、大津を経て義仲寺に着いた。

義仲寺では住職の直愚上人が導師となって翌十四日葬儀が行われ、三百余人が参列した。

「契り深く便り良き地」

芭蕉の遺言は「骸《むくろ》は木曽塚に送るべし。爰《ここ》は東西のちまた、さゞ波きよき渚なれば、生前の契り深かりし所也。懐しき友達のたづねよらんも、便りわづらわしからじ」というものであったと、門人路通が『行状記』に書いている。

この内容からいえば、芭蕉が好んだ琵琶湖畔の名勝の地であり、しかも東海道に面した東西交通の要地で墓参りに来る人にも便利であろうということである。

この遺言が何時なされたかは不明だが、門人たちによって遺体は義仲寺に埋葬されたのだから事実であろう。

芭蕉百回忌に蝶夢が義仲寺に納めた『芭蕉翁絵詞傳』には、

「常に風景を好みたまふ癖ありけるに、
処は長等山をうしろにし前にはさゝ波
きよくたゝへて遺骨を湖上の月に
照らすことかりそめならぬ
徳光のいたりなるへし」

とあるのが、よく事情を伝えているといえる。

「木曽殿と…」の句と　又玄

「木曽殿と背《せなか》あはする夜寒哉」　これは御巫又玄《ゆうげん》（一六七一～一七四二）の句である。又玄は島崎氏、御巫《みかんなぎ》権太夫といい伊勢神宮の神職で、芭蕉門下に入り、元禄二年、奥の細道の旅の後、伊勢参宮をした芭蕉に宿を提供し、あたたかくもてなした。

この『葛の松原』に所収された「木曽殿と背《せなか》あはする夜寒哉」の句は、「木曽殿と背中合せの寒さかな」という句形も伝わっているが、「寒さかな」ではなく「夜寒哉」という方が句意がはっきりとする。

Ⅲ、義仲寺と芭蕉

元禄四年、滞在して月見

芭蕉の墓が故郷の伊賀でもなく、また俳人として活動した江戸でもなく、なぜここ大津の義仲寺に木曽義仲の墓と並んであるのだろうか。

一言でいえば、それは芭蕉の遺言によるという。しかし、芭蕉は詩人としては西行、武将としては源義経を尊敬していたことは知られているが、木曽義仲を敬愛していたとは聞いていない。義仲寺と芭蕉の関係をもう一度振り返ってみよう。

元禄四年（一六九一）八月、芭蕉は琵琶湖に近い大津膳所の義仲寺に滞在し、十五日に月見の会を催した。芭蕉はここの風光が気に入ったと思われる。翌十六日は舟で堅田に渡り、竹内茂兵衛成秀の屋敷で十九吟歌仙が作った時のことを書いたのが『堅田十六夜《いざよい》之弁《のべん》』である。

木曽義仲が葬られたという場所

義仲寺は琵琶湖畔、現在の滋賀県大津市馬場一丁目にあり、天台宗の一派である天台寺門宗に属する。開基は佐々木高頼となっている。

寿永元年（一一八四）一月、木曽義仲は近江の粟津で戦死し、粟津に近いこの地に葬られたという。はじめは塚の上に柿の木が植えられ、やがて墓石が建てられた。天文二十二年（一五五三）近江の国主佐々木高頼が石山寺に参詣の途中、畑の中にさびしく立つ義仲の墓石を見て一寺を建立したのがこの義仲寺であるという。境内に木曽義仲の宝篋《ほうきょう》印塔《いんとう》、その右やや後ろに「芭蕉翁」と刻まれた芭蕉の墓、朝日堂、翁堂の二堂のほか芭蕉が滞在した無名庵がある。

芭蕉と仏教の宗派の関係をみると、伊賀上野の菩提寺は真言宗であり、臨済宗の臨川庵で參禅もしているが、仕えていた藤堂家は天台宗である。この点からも芭蕉は義仲寺に親しみを感じていたと思える。

義仲寺の周辺には琵琶湖に面して有名な近江八景があり、芭蕉曾遊の地・堅田の浮御堂（滋賀県大津市本堅田町）もある。

［注］堅田の浮御堂＝海門山満月寺。臨済宗大徳寺派。開基恵心僧都。浮御堂は満月寺の境内から堅田崎の湖中に足場を組んで橋を架け建てた宝形造本瓦葺の小堂。湖水に浮かんでいるので浮御堂という。中には千体の阿弥陀仏が安置されている。恵心僧都が建てたと伝えられ

るが、後に荒廃したので、桜町天皇から贈られた能舞台を移したという。現在の建物は昭和九年の風害で倒れた後、同十二年に再建されたもの。

Ⅳ、近江を愛した芭蕉

芭蕉には

行春を近江の人とおしみける

という句がある。

この句について面白い話が『去来抄』に伝えられている。

尚白という門人が芭蕉に向かって「近江とあるのは丹後にも、行く春は行く歳でもよいのではないか」と言った。芭蕉は去来に「このことをどう思うか」と聞いた。去来は「(近江こそ)湖水朦朧として春を惜しむのにふさわしい」と答えた。芭蕉は「そうだ。古人も近江の春を愛することと都にも劣らなかった。」と言い、去来を「ともに風雅を語れる者だ」と褒めたという。

芭蕉のこの句は近江の門人たちに対する挨拶句でもあり、これに対して近江育ちで近江に住む尚白の言は無理解というよりも無礼な感じもする。やがて芭蕉に離反する尚白がこのころから反発する感情を抱いていたのであろうか。

芭蕉は琵琶湖を中心とした近江の風光を愛した。元禄三年の『洒落堂記』、元禄四年の『堅田十六夜之弁《いざよいのべん》』などの文章にその思いが述べられている。

元禄三年の『洒落堂記』

芭蕉の『洒落堂記』(しゃらくどうのき)は、芭蕉が「奥の細道」の旅を終えた翌年の元禄三年(一六九〇)、三月中旬から下旬にかけて近江の膳所《ぜぜ》に滞在していた時の作。『白馬』に掲載されている。

洒落堂とは浜田珍夕の住居の名である。浜田珍夕(珍碩)は膳所の人。医師だったという。初め俳諧を尚白に学び、ついで芭蕉の門に入る。『ひさご』の編者ともなる。後に洒堂《しゃどう》と号した。元文二年(一七三九)に没したといわれる。

＊

洒落堂記

山は静にして性をやしない、水はうごひて情を慰す。静・動二の間にして、すみかを得る者有。浜田氏珍夕といへり。目に佳境を尽し、口に風雅を唱へて、濁りをすまし、塵をあらふが故に、洒落堂といふ。門に戒幡《かいばん》を掛て、「分別の門内に入事をゆるさず」と書けり。彼《かの》宗鑑が客におしゆるざれ歌に一等くはへてをかし。

且それ簡にして方丈なるもの二間、休《きう》・紹《ぜう》二子の侘を次て、しかも其のりを見ず。木を植、石をならべて、かりのたはぶれとなす。

抑《そもそも》おもの丶浦は、勢多、唐崎を左右の袖のごとくし、海を抱て三上山に向ふ。海は琵琶のかたちに似たれば、松のひゞき波をしらぶ。日えの山、比良の高根をな丶めに見て、音羽、石山を肩のあたりになむ置り。長柄《ながら》の花を髪にかざして、鏡山は月をよそふ。淡粧濃抹の日々にかはれるがごとし。心匠の風雲も亦是に習ふ成べし。

四方より花ふき入てにほの波　　ばせを

＊

この文を解釈してみると次のようになろう。

山は静かで人の心の本体である性を養い、水は動いて人の心の作用である情を慰める。この静・動二つの間に住家を持っている者がいる。浜田氏で珍夕と言う。目に佳境を眺め尽し、口に風雅を唱えて、濁りを澄まし、塵を洗うところから、洒落堂という。門に戒幡（戒めを記した旗）を掛けて、「分別の門内に入事をゆるさず」と書いた。かの宗鑑が客に教えた、ざれ歌を一歩進めたようで面白い。

さて、それは簡略で、一丈四方の方丈なるものが二間あって、休・紹二子のわびを受け継ぎ、しかもその格式や規則にはとらわれない。木を植え、石を並べて、この仮りの世のたのしみとしている。

そもそもこの御膳《おもの》の浦は、勢多（瀬田）、唐崎を左右の袖のようにして海（湖）を抱いて対岸の三上山に相対している。湖は琵琶の形に似ているので、松の響きも波の音もさながら音楽のような調べをかなでている。比叡の山、比良の山を斜めに見て、音羽山や石山を肩のあたりに置いている。（春は）長柄山の花を髪にかざし、（秋は）鏡山の月を鏡として粧おう。淡粧濃抹（濃い化粧、薄い化粧）が日々に変わる美人のようだ。心の中の工夫もまたこのように景色に従って日々に変化するのであろう。　ばせを

四方より花ふき入てにほの波（四方の花の山から落花が吹き込んできて、鳰の海と呼ばれるこの琵琶湖の鳰が漂っている波間にその花が浮かんでいる）

［注］山は静にして性をやしない、水はうごひ（い）て情を慰す…＝『論語』の「知者ハ水ヲ楽ミ、仁者ハ山ヲ楽ム。知者ハ動キ、仁者ハ静カナリ」による。

宗鑑＝天文年間（一五三二〜五五）初の俳諧連歌集『誹諧連歌』（通称・犬筑波集）を編纂して俳諧の祖ともいわれる山崎宗鑑。来客の長居を警告した「上は来ず、中は来て居ぬ、下はとまる」というざれ歌を作った。

休・紹二子＝休は千利休。紹はその師・武野《たけの》紹鴎《じょうおう》。

第三部　蕪村の不思議

俳、画、書と、三道に達した蕪村の才幹は、不思議といってよい。不幸な生い立ちの中で早野巴人《はやのはじん》という「恵み深い」師に会いながら、師の没後は遍歴の旅をしなければならなかった。しかし多くの友にも恵まれ、やがて京に住んで画で力を発揮、師巴人の夜半亭を継ぎ中年以降に多くの名句を量産した。その不思議さを述べる。

十、夜半亭との出会い

――父のような師――

Ⅰ、孤独の中でのめぐりあい

蕪村が師の早野巴人とめぐりあったのはいつのことであったろうか。

早野巴人のちに夜半亭《やはんてい》と号し、宋阿《そうあ》と名乗った師について、蕪村はどのような気持ちをいだいていたのか。

清らかな作風で風雅の伝統を示した師

蕪村の師となる巴人は早野甚助といい、早野新左衛門義見の次男として延宝五年（一六七七）下野（現・栃木県）の烏山に生まれた。早くから江戸に出て芭蕉の弟子・其角と嵐雪に俳諧を学んだ。宝永四年（一七〇七）二月に其角、十月に嵐雪が相次いで没した後は、嵐雪門下の先輩高野百里や青流らと提携し、俗化しがちな時流に抗した俳諧活動を行った。享保十二年（一七二七）百里の死にあったのを転機に京へ移った。門人に望月宋屋、高井几圭らがあり、在京十年で地歩を固め、享保年代の俳壇にあって清らかな作風を通じて風雅の伝統を示した。

母に次ぐ父の死によって摂津・毛馬村の生家を離れなければならなかった少年蕪村は、京に行き、知恩院の塔頭に寄宿したと思われるが、ここで巴人と運命的な出会いをしたものと考えられる。

親代わり宋阿によって俳諧の道を進む

京にいた蕪村は、ここで早野巴人（のちの宋阿）を知った。享保二十一年、蕪村二十歳、巴人六十歳の頃であった。巴人は若い蕪村の人柄と才能を認め、蕪村も俳諧への興味を深めた。明けて元文二年（一七三七）、巴人は江戸に帰ると、蕪村はその後を追うようにして江戸に行き、日本橋石町にある巴人改め宋阿の夜半亭に入門した。江戸に行ったのはこれより数年前で、内田沾山《せんざん》について俳諧を学んだという説もある。（大江丸『はいかい袋』）

蕪村は、宰町《さいちょう》の俳号（後に宰鳥）で、宋阿の内弟子として庇護されながら、次第に江戸俳壇で知られる存在となった。時に蕪村二十一歳だった。

Ⅱ、宋阿の「痛棒」で開眼

安永三年夏（一七七四）に刊行された『むかしを今ノ序』は、蕪村の師・宋阿（早野巴人）の三十三回忌に蕪村が編集した小冊子で、ここには宋阿から受けた「痛棒」によって蕪村が俳諧への開眼をしたことが語られている。少し長いが引用しよう。

『むかしを今ノ序』

亡師宋阿の翁は業を雪中庵にうけて、百里、琴風が輩と鼎《かなえ》の如くそばだち、ともに新意をふるひ、俳諧の聞えめでたく、当時の人ゆすりて三子の風調に化しけるとぞ。おの〳〵流行の魁首にして、尋常のくわだて望むべきにはあらざめり。

師や、昔武江の石町なる鐘楼の高く臨めるほとりに、あやしき舍《やど》りして、市中に閑をあまなひ、霜夜の鐘におどろきて、老のねざめのうき中にも、予とゝもに俳諧をかたりて、世の上のさかごとなどまじらへきこゆれば、耳つぶしておろかなるさまにも、見えおはして、いといと高き翁にてぞありける。

ある夜、危座して、予にしめして曰く。

「夫《それ》、俳諧のみちや、かならず師の句法に泥《なづ》むべからず。時に変じ、時に化し、忽焉《こつえん》として前後相かへりみざるがごとく有るべし」とぞ。

予、此の一棒下に頓悟《とんご》して、やゝ、はいかいの自在を知れり。

されば今我門《わがもん》にしめすところは、阿叟《あそう》の磊落《らいらく》なる語勢にならはず、もはら蕉翁のさびしをりをしたひ、いにしへにかへさんことをおもふ。是、外虚に背きて内実に応ずるなり。これを俳諧禅と云ひ、伝心の法といふ。わきまえざる人は、師の道にそむける罪おそろしなど沙汰し聞ゆ。しかあるに、いまこのふた巻の歌仙はかのさびしをりをはなれ、ひたすら阿叟の口質に倣ひ、これを霊位に奉て、みそみめぐりの遠きを追ひ、強《しひ》て師のいまそかりける時の看をなすといふことを、門下の人々とゝもに申しほどきぬ。

*

これを解釈すると、次のようになる。

亡師宋阿の翁は業を雪中庵にうけて、百里、琴風といった人と鼎のように三人が聳え立ち、ともに新意を人々に示して俳諧の名人としての評判が高く、当時の人はこぞって三子の風調にならったということだ。三人おのおのが流行のリーダーであり、常人が望んでもできるようなことではなかったようだ。

先生は、昔、武蔵江戸の石町という鐘楼（時を告げる鐘を吊した楼）の高く望めるかたわらにある見栄えのしない家に住まわれ、市中の閑を甘んじて受け入れ、霜夜の鐘に驚いて、老いの寝覚めの辛い時には、私とともに俳諧を語っておられた。世の中の俗事などを、とりまぜて申し上げると、聞こえぬふりをし、老いてぼけたようなふりをなさっているように見え、たいそう徳の高い翁であられた。

ある夜、正座して、私に示されておっしゃるには、

「それ、俳諧の道は、師の句法にこだわってはいけない。時に応じて作風を変え、突然として句が出来、前例も後のことも考えないようにするべきだ」とおっしゃった。

私は、この一棒下に、速やかに悟って、いくらか俳諧の自在の心というものを知った。

それだから今、私が門下に示すところは、阿叟《あそう》（宋阿への敬称）の磊落な（心が広くさっぱ

りとしている）語勢にならわず、もっぱら芭蕉翁のさびしをりを慕い、昔に帰すことを思った。これこそ、外は虚に背いて、内は実に応じることである。これを俳諧禅といい伝心の法という。それを知らない人は（私が）師の道に背いた罪が恐ろしいなどと評判しあった。そうではあるが、今、この二巻の歌仙は、かの芭蕉翁のさびしをりを離れて、ひたすら阿叟の口調にならった作品を作り、これを師の霊位に奉って、三十三回忌に当たり昔を慕い、しいて師の御在生の時と同じように師に対する礼を尽くすのだということを、門下の人々とともに明らかにすることとした。


［注］雪中庵＝服部嵐雪のこと。宋阿は芭蕉の弟子其角と嵐雪に俳諧を学んだが、ここでは嵐雪の高弟である百里、琴風との関連で、其角の名は省略したものであろう。

百里＝高野百里（一六六六〜一七二七）。嵐雪の高弟。江戸小田原町の魚問屋。

琴風＝生玉琴風（一六六七〜一七二六）。嵐雪の高弟。其角にも学ぶ。摂津東成郡の人、若くして江戸に出る。

ふた巻の歌仙＝宋阿の「啼ながら川越す蝉の日影哉」を発句として、脇句起《おこ》しをした蕪村一門と几董一門の二歌仙のこと。

頓悟＝段階を追う修行を離れて一挙に悟りを開く。頓修頓悟のこと。中国の禅宗六祖慧能《えのう》が悟りを開いた故事により、慧能に始まる南宋禅で重んじられた。

「我が涙、古くはあれど…」の感慨

このように蕪村の孤独を救い、その才能を伸ばし、文字通り親代わりであった師宋阿は寛保二年（一七四二）六月六日病没した。六十六歳だった。

＊

宋阿の翁、このとし比予《ごろ》が孤独なるを拾ひたすけて、枯乳《こにゅう》の慈恵のふかゝりけるも、さるべきすくせ（宿命）にや、今や帰らぬ別れとなりぬる事のかなしび（悲しみ）のやるかたなく、胸うちふたがりて云ふべき事もおぼえぬ

我泪《わがなみだ》　古くはあれど泉かな

（富鈴編・宋阿追善『西の奥』所収の宰鳥の文）

宋阿の死を悼む気持ちがこの文章に現れている。

Ⅲ、俳諧修行の不思議

寡作だった二十代…「宰町」「宰鳥」時代

蕪村の師は俳人早野巴人（夜半亭宗阿）である。したがって蕪村が俳諧を学んだのは宗阿であることは当然のこととなる。しかも宗阿によって俳諧への眼を開かれた。しかしここに不思議なことがある。それは宗阿門下にあった時の蕪村が作ったと思われる句が異様に少ないことである。

蕪村の作った句の最古のものとして、元文二年（一七三七）に「宰町」の名で、次の二句がある。

君が代や二三度したるとし忘れ　宰町

元文三年刊行の宗阿の『夜半亭歳旦帖』

「とし忘れ」は、年末に一家が集まり一年間の無事息災を祝う会。今日でいう忘年会。

尼寺や十夜に届く鬢葛《びんかづら》　宰町

同年刊行の露月の『卯月庭訓』

「十夜」とは十月五日夜から十五日朝まで浄土宗で行う念仏法要。「びんかづら」は髪の手入れに使う。駆け込み寺に逃げ込んだ女性に「還俗の日も近い」と、びんかづらが送られてきたが、その日は十夜だった。

＊

ついで元文三〜四年（一七三八〜三九）の作をみると、

不二を見て通る人有年の市　　宰町

元文四年刊行の宗阿の『夜半亭歳旦帖』

梅さげた我に師走の人通り　　宰町

元文四年刊行の楼川の『歳旦帖』

お物師の夜明を寝ゐる師走哉

お物師は富裕な家に仕えている裁縫をする女性。晴着の仕立てに疲れて夜明けになって寝ている。

虱とる乞食の妻や梅がもと　　宰町

摺鉢のみそみめぐりや寺の霜　　宰鳥

元文四年刊行の宋阿（巴人）の『桃桜』

みそと三十をかけた。もう三十年がたつ。其角、または嵐雪の三十三回忌の追善句。

＊

この「宰町」とか「宰鳥」と名乗った人物が、後の蕪村と同一人物なのか。宰町の「尼寺や…」の句が後の『落日庵句集』に、宰鳥の「摺鉢の…」の句が『蕪村句集』に収録されていることから、蕪村と同一人物であることは確実であるといえる。

しかし元文三年といえば、蕪村は満二十二歳になっているし、いささか遅い処女作といえるし、また寡作だったといえる。

蓄積がものをいった？

今日残る蕪村二十代の句は、前記の七句を含めて十五句、師の宗阿の没後、放浪し、三十五歳で京に落ち着くまでの句を合計しても二十八句に過ぎない。

芭蕉の場合と比較すると次表のようになる。

	二十代の句数	三十～三十五歳の句数
芭蕉	四八（十八歳の一句を含む）	六〇（他に年次不詳のもの　五）
蕪村	一五	一三

蕪村が後年、芭蕉をしのぐ多作の作家となる修行は何時培われたのであろうか。寡作だった二十代からみると不思議な感がする。

思うに、蕪村の青春時代、続く絵画制作の時代を経て、蓄積されたものが、後になって大輪の花を開かせたものとも考えられる。

十一、青春放浪時代

—多くを語らぬ大旅行—

I、結城で多くの人と会う

兄弟子砂岡雁宕《いさおかがんとう》を頼る

寛保二年（一七四二）蕪村は、庇護してくれた師の早野巴人（宗阿）の死に会い、青春放浪時代が始まる。

蕪村は巴人の夜半亭に内弟子として住み込んでいただけに、師の死後、二十六歳の無名の青年としては、なすすべもなかったであろうことは想像に難くない。夜半亭を離れ、江戸を去り、まず兄弟子砂岡雁宕《いさおかがんとう》を頼り、彼の家のある下総結城に赴き、十年に及ぶ放浪生活となる。

結城では、浄土宗・弘経寺第二十九世の大玄に帰依して法体（僧の姿）となった。

さらに松嶋、象潟など奥羽を旅して『寛保四年宇都宮歳旦帖』を刊行、この時から「宰鳥」の号のほかに「蕪村」の俳号を用い始めた。

以後、二十六歳から三十五歳で京に落ち着くまでのほぼ十年間、まさに青春時代を放浪の中で送ったのである。

師早野巴人につながる系列

下総の結城には雁宕とその父我尚と親しい俳人が多く、また早野巴人が那須烏山の出身であることから、これにつながる俳人も多かった。

結城には早見晋我（北壽老仙）、雁宕の弟周午、さらに那須の佐久山には常盤潭北がいた。

Ⅱ、奥羽行脚

津軽まで行った大旅行

蕪村は結城に行った翌年の寛保三年（一七四三）春から、みちのくを行脚した。

結城を出て、宇都宮から福島を経て出羽の山形に入り、羽黒山を経て日本海岸の酒田から北上し、象潟、秋田、能代から津軽の外が浜に至り、青森から南下して、盛岡、平泉、松島、仙台、白石、福島を経て結城に帰着したものと思われる。

芭蕉の「奥の細道」の旅に啓発されたものであろうが、芭蕉の行かなかった北の秋田、能代、津軽、青森、盛岡をめぐる大旅行は厳しいものがあったろう。

松しまの月見る人やうつせ貝　　宰鳥

「ある時は飢え、からきめにあう」

「つらく来しかたをおもふに、野総奥羽の辺鄙にありては、途に煩ひ、ある時は飢もし、寒暑になやみ、うき旅の数〳〵、命つれなくからきめ見しもあまたゝびなりし」と蕪村は、述べているが、それ以上多くを語らない。

しかし蕪村は、後にその著『新花摘』で、松島の瑞巌寺を訪れた時に塔頭の天麟院でもらった「埋れ木」について、また結城にいた時の狸の話などを書いている。いずれも青春放浪時代の蕪村の人間像を表す面白い文章なので、別項で紹介する。

遊行の柳の句

奥羽行脚で印象に残ったのは、芭蕉が描いた那須の遊行の柳であろう。『反古衾』で蕪村は次のように記している。

神無月はじめの頃ほいい、下野の国に執行《しゆぎやう》して、遊行柳とかいへる古木の影に

目前の景色を申出はべる

柳ちり清水かれ石ところぐ

Ⅲ、松島でもらった埋《うも》れ木《ぎ》

＊

松しまの天麟院は瑞岸寺（瑞巌寺）と甍をならべて尊き大禅刹也。余、其寺に客たりける時、長老、古き板の尺余ばかりなるを余にあたへて曰、「仙台の大守中将何がし殿は、さうなき歌よみにておはせし。多くの人夫して名取河の水底を浚《さぐら》せ、とかくして埋れ木を掘もとめて、料紙、硯の箱にものし、それに宮城野の萩の軸つけたる筆を添て、二条家にまゐらせられたり。これは其板の余りにて、おぼろけならぬもの也」とて、たびぬ。槻の理《あや》のごとくあざやか也。水底に千歳をふりたるものなれば、いろ黒く真がねをのべたるやうに、たゝけば、くわんくと音す。重さ十斤ばかりもあらん、それをひらづゝみして肩にひしと負ひつも、からうじて白石の駅までもち出《いで》たり。長途の労《つか》れたゆべくもあらねば、其夜やどりたる旅舎のすの子の下に押やりてまうでぬ。

その、ちほどへて、結城の雁宕《がんたう》がもとにて潭北《たんほく》にかたりければ、潭北はらあしく余を罵て曰、「やよ、さばかりの奇物うちすて置たるむくつけ法師よ、其物我レ得てん、人やある、たゞゆけ」と須賀川の晋流《しんりう》がもとに告やりたり。晋流ふみを添て其人にをしへて白石の旅舎を尋ね、「いつく〳〵法師のやどりたるが、しかぐ〴〵の物遺《わす》れおけり。それもとめにまかでぬ」といはせければ、駅亭のあるじ、かしこくさがし得てあたへければ、得てかへりぬ。後、雁宕つたへて『魚鶴』といへる硯の蓋にしてもてり。結城より白石までは七十余里ありて、ことに日数もへだゝりぬるに、得てかへりたる、けうの事也。

〔解釈〕　松嶋の天麟院は瑞巌寺と甍《いらか》を並べる尊い大禅寺である。私が、その寺に客となっていた時、長老が古い板の一尺余ばかりのものを私に与えて言うには「仙台の大守中将何がし殿は並びなき歌よみであられた。多くの人夫を使って、名取川の水底を浚《さぐら》せ、手を尽くして埋れ木を堀り求め、料紙、硯箱に作って、それに宮城野の萩の軸を付けた筆を添えて、二条家に差し上げた。これはその余りで、いい加減なものではない」とのことでくださった。槻の理《あや》（年輪）のように木目がはっきりとしている。水底に千年もあったものだから、色は黒く真がね（鉄）を伸ばしたようで、叩くと、かんかんと音がする。重さは十斤もあるだろうか、それを平包みして（風呂敷に包んで）肩にひしと背負って、やっと白石の宿駅まで持ち出した。長旅に耐えられそうもないので、旅舎の簀子《すのこ》の縁の下に押しやって帰って来た。その後しばらくして結城の雁宕の許で潭北に話したところ、潭北は怒って私を罵って言うには、「やあ、それほどの珍しい物を打ち捨てて来た無風流な法師よ、その物を私がもらうことにしよう。だれかいないか、すぐ行け」と須賀川の晋流の許に使いをやった。晋流は手紙を添えてその使いの人に教え白石の旅舎を尋ねさせ「いついつの時、法師が泊まったが、これこれの物を置いていった。それを探しに来ました」と言わせたら、駅亭の主人は幸いに探し出して使いの者に与えたので、持って帰って来た。後に潭北から雁宕がもらって『魚鶴』という硯の蓋にして持っていた。結城から白石までは七十余里もあり、ことに日数もたっていたのに、得て帰って来たのはまことに珍しい事であった。

［注］仙台の大守＝伊達家第二十一世、第五代藩主・伊達吉村（一六八〇～一七五一）、従四位上左近衛権中将、歌集『隣松集』がある。

＊

Ⅳ、結城の狸

結城の丈羽《じょうう》、別業《べつげふ》をかまへて、ひとりの老翁をしてつねに守らせけり。市中ながらも樹おひかさみ草しげりて、いさゝか世塵をさくる便りよければ、余もしばらく其所にやどりしにけり。
［解釈］　結城の丈羽が別荘を構え、一人の老翁に番をさせていた。町中なのに樹が高くおおい重なり草も茂って俗塵を避けるのにふさわしいので、私もしばらくそこに宿泊した。

＊

翁は洒掃《しゃさう》のほかなすわざもなければ、孤燈のもとに念珠つまぐりて秋の夜の長きを託ち、余は奥の一間にありて句をねり詩をうめきゐけるが、やがてこうじにたれば、ふとん引かふてとろ〳〵と睡《ねぶ》らんとするほどに、広椽のかたの雨戸をどし〳〵とたゝく。約するに二三十ばかりつらねうつ音す。いとあやしく胸とゞめきけれど、むくと起出て、やをら戸を開き見るに、目にさへぎるものなし。又ふしどに入りてねぶらんとするに、はじめのごとくどし〳〵とたゝく。又起出見るにものゝ影だになし。いと〳〵おどろ〳〵しければ、翁に告ゲて「いかゞはせん」などはかりけるに、翁曰、「ござめれ、狸の所為なり。又来りうつ時、そこ（足下）はすみやかに戸を開て逐《おひ》うつべし。翁は背戸のかたより廻りて、くね垣のもとにかくれ居て待べし」と、しもとひきそばめつゝうかゞひゐたり。余も狸寝いりして待ほどに、又どし〳〵とたゝく。「あはや」と戸を開ケバ、翁も「やゝ」と声かけて出合けるに、すべてものなければ、おきなうちはらだちて、くま〴〵のこるかたなくかりもとむるに影だに見えず。

［解釈］　別荘番の老人は洒掃《しゃさう》（洗濯と掃除）のほかはする仕事もないので、一つきりの灯火のもとで念珠をつまぐって秋の夜の長さをかこち、私は奥の一間にあって、句をねり詩を苦吟していたが、やがてひどく疲れたので布団を引きかぶって、とろとろと寝ようとすると、広縁のかたの雨戸をどしどし、どしどしと叩く者がいる。おおよそ二三十つらね打ちする音がする。まことにあやしく胸がどきどきとしたが、むくと起き出して、そっと戸を開けて見るに、目をさへぎるものもない。また寝床に入って寝ようとするが、最初のようにどしどしと叩く。また起き出して見るがものの影もない。まことにおどろおどろしく気味が悪いので、老人に言って「どうしようか」と相談したら、老人が言うには「よしきた、これは狸の仕業です。またやって来て雨戸を叩いたら、あなたはすぐ戸を開いて追い払ってください。私は背戸（裏戸）の方から廻って垣根の下に隠れて待ち構えていますから」と、しもと（むち）を引きよせながら様子をうかがっていた。私も狸寝いりして待つうちに、またどしどしと叩く。「あはや」と戸を開けば、老人も「やや」と声をかけ二人して出合ったのに、なんの姿もないので、老人は腹を立て、隅々まであますところなく探し求めたが影さえ見えなかった。

［注］　丈羽＝雁宕などの結城の連中の一人。

＊

かくすること、連夜五日ばかりに及びければ、こゝろつかれて今は住うべくもあらず覚えけるに、丈羽が家のおとな（「長」と傍書）、るもの来りて云、「そのもの今宵はまゐるべからず。此あかつき藪下タといふところにて、里人、狸の老たるをうち得たり。おもふに此ほどあしくおどろかし奉りたるは、うたがふもなくシヤツが所為也。こよひは、いをやすくおはせ」などかたる。はたしてその夜より音なく成けり。にくしとこそおもへ、此ほど旅のわび寝のさびしきをとひよりたる、かれが心のいとあはれに、かりそめならぬちぎりにやなど、うちなげかる。されば善心坊といへる道心者をかたらひ、布施とらせつ、ひと夜念仏して、かれがぼだいをとぶらひ侍りぬ。

秋のくれ仏に化《ばけ》る狸かな

狸ノ戸ニオトヅルヽハ尾モテ扣《たた》クト人云メレド左ニハアラズ、戸ニ背ヲ打ツクル音ナリ。

［解釈］　このようにして連夜五日ばかりたったので、心も疲れ果て、今は住んでいるのもつらいと思うころに、丈羽の家の番頭が来て言うには「その者は今宵は来ません。今日の明け方、藪下という所で、里人が老いた狸をうち殺しました。思うにこのほど、ふざけて貴方様を驚かしたのは、疑いもなくこやつの仕業です。今晩は安心してお過ごしください」などと語る。はたしてその夜から音がしなくなった。憎いとこそ思うが、このたびの旅のわび寝のさびしいところを訪い寄ってくれた彼の狸の心がたいそうあわれに思え、かりそめならぬ因縁かな

ど悲しく思われた。そこで善心坊という道心者に頼んで布施を与えて、一夜念仏して彼の菩提を弔った。

秋のくれ仏に化る狸かな

狸が戸に訪れて音を立てるのは、尾で叩くのだと云う人があるが、そうではなく、戸に背を打ちつける音なのである。

巧まずに蕪村の人柄を反映

「松嶋の埋れ木」といい、「結城の狸」の話といい、蕪村の経済的には恵まれたとはいえない青年時代の話が、蕪村独特のユーモラスな筆致で明るく語られるとともに、「埋れ木」をおいて来たことに怒った潭北、蕪村と一緒に狸を追いかける別荘番の老人など登場人物も面白い。これも蕪村の人柄の反映であろう。

「結城の狸」の最後の一行（一三七ページ原文）がことさら片仮名で書かれ、学術書の解説めいているのも蕪村らしいユーモアである。

十二、絵をどこで学んだか

―三道に達した不思議―

I、蕪村は絵をどのように学んだか

少年のころから絵に親しむ

蕪村は絵をどのように学んだか。画家としての蕪村について解明したい。

蕪村は享保元年（一七一六）摂津国東成郡毛馬《けま》村（大阪市都島区毛馬町）の豊かな農家に生れ、寅という名だったという。幼少のころから絵に興味を持ち、摂津国池田荒木町（現池田市大和町）に住む狩野派絵師の桃田伊信から絵を学んだといわれている。

母と父の死にあった蕪村は家を出て、享保十八年（一七三三）十七歳の時、桃田伊信の紹介で京に行った。京で俳人早野巴人（宋阿）を知り、元文二年（一七三七）巴人が江戸に帰ると、蕪村も江戸に行き、日本橋石町の巴人改め宋阿の夜半亭に入門した。

初期の作品『俳仙群会図』

今日伝わる蕪村最古の絵画は元文二年（一七三七）の豊島露月撰『俳諧卯月庭訓』（刊行は翌三年）の中の自画であり、これには「鎌倉誂物」と題して
尼寺や十夜に届く鬢葛　（第十一章参照）の句が「宰町自画」の落款とともに書かれている。さらに、本格的な絵としてはこの元文年間（一七三六〜四〇）に描いたという『俳仙群会図』がある。『蕪村文集』にある「俳仙群会図賛」によれば、「元文のむかし余、弱冠の時写したるもの」とし「四十余年を経て接し、自ら賛をした」という天明二年三月の賛が画の上部に付けられており、蕪村二十代の作品となる。その筆致はすでに十分の個性と完成度を示しているのも不思議だが、落款「朝滄写」の脇にある印章が「丹青不知老至」とあるところから、丹後・宮津滞在中のものとみなされている。

結城、下館時代の作品

師の宋阿が寛保二年（一七四二）六十六歳で病没すると、蕪村は同門の砂岡雁宕《いさおかがんとう》を頼って彼の故郷結城に行き、弘経寺の大玄に帰依したが、この弘経寺に襖絵と帯戸絵を残した。襖絵は客殿の襖四枚の表裏に淡彩の梅花、山水を、帯戸絵の表裏には極彩の松樹、鳳凰、麒麟を描いた。ともに落款がなく、帯戸絵は保存状態がよくないが、蕪村の作といわれる。

その後、松嶋、象潟などを旅し『寛保四年宇都宮歳旦帖』を刊行、この時「蕪村」の号を用いた。結城付近には下館の中村家などに『陶淵明山水図（三幅対）』『漁夫図』などがある。

再び江戸へ出ての作品

蕪村は延享三年（一七四六）ごろに再び江戸へ行き、芝増上寺の裏門近くに住んだ。寛延三年（一七五〇）『月夜行旅図』を描き、霜蕪村と落款をした。このころ『陶淵明山水図』『漁夫図』のほか『山村驟雨図』『唐美人図』を子漢、浪華長堤四明などの名で描いた。

江戸で蕪村は日本南画の先駆者である学者服部南郭（一六八三〜一七五七）と交流があったことが几董宛ての書簡でわかるので、南郭から南画の示唆を受けたとも考えられる。

丹後宮津での絵の修業

宝暦元年（一七五一）、江戸と訣別して京に移り住んだ。蕪村のねらいは彭城《ほうき》百川、池大雅らが活躍する京の画壇で南宋文人画を研鑽することにあったろう。

宝暦四年には丹後の宮津に赴いて、宝暦七年までの三年間滞在した。宮津では俳諧もしているが、絵の修業に努めた。自然そのものに学ぶとともに、中国の画本などによる学習を深めて、画家としての基本を改めて身につけた。

京での絵の大成

蕪村は宝暦七年（一七五七）九月、京へ帰り、同十三年『六曲屏風山水図』（重要文化財）、『野馬図』などの屏風絵を描き、屏風講組織による販売をし生業としての画家の地位を築いた。明和三〜五年（一七六六〜八）に讃岐に渡り、丸亀の妙法寺に多くの襖絵を残した。中でも『蘇鉄図』八枚は大画面いっぱいに蘇鉄を墨で描いた堂々たるものである。明和八年（一七七一）に池大雅と競作した『十便十宜図』（国宝）、安永七年（一七七八）六十二歳の時に描いた『山水図屏風』から「謝寅《しゃいん》」の落款が集中的に見られるようになる。

Ⅱ、蕪村の絵の特質

蕪村の絵と南画

蕪村の絵の特質はどのような点にあるのか。

「牡丹散て打かさなりぬ二三片」

この句は蕪村には蕪村の絵にある花鳥風月を象徴するような味わいがある。

蕪村は日本における南画と、自己の画そのものを大成させた。南画とは本来は中国の南宋《なんしゅう》画《が》のことで写実を主とした北宋画《ほくしゅうが》に対し、風趣を重んじた柔らかい筆法で淡彩か墨絵が多い。日本では江戸中期に輸入され、祇園南海、柳沢淇園らによって始められ、日本独自の発達をしたので、特に区別して南画と呼ぶ。

与謝から京に帰ってからの蕪村は、清の画家沈南蘋（しんなんぴん）の写生的画風を学び、自己の画風に取り入れた。沈南蘋はそれより二十六年前の享保十六年（一七三一）に長崎に来て、二年ほど滞在して日本の画壇に大きな影響を与えている。しかし蕪村は自作の『牧馬図』で「馬ハ南蘋ヲ擬シ人ハ自家ヲ用フ」と述べたように独自性への強い意欲が見られる。

天明二年（一七八二）の『四季山水図』や春・秋の『農家飼馬図』などは池大雅とは違った俳諧味が濃く、『夜色楼台図』、『鳶鴉図』（双幅）、『竹渓訪隠図』（いずれも重要文化財）などは優れた独自性と高い完成度を示し、漢画とつながりがちな南画の既成概念を越えた傑作である。

蕪村の絵は、生き生きとした精神的な生命を画面に躍動させることにある。一言で言えば『芥子園画伝《かいしえんがでん》』の画論で言うところの「気韻生動《きいんせいどう》」そのものを感じさせる。気韻生動は学んで得らるものでなく、生来備わっているものとされるから、これは蕪村の天賦の才といえる。

蕪村の絵と書が渾然一体となった俳画、芭蕉の紀行図巻

蕪村の絵と書が渾然一体となったのは芭蕉の紀行図巻である。安永七年（一七七八）五月、芭蕉の『野晒紀行』一巻（重文）をつくった。要所要所に文意をつかんだ草絵を挟み文・書・絵が一体となった見事な出来栄えだった。ついで六月『奥の細道図』一巻、十一月『奥の細道図』二巻（重文）を描いた。「おくのほそ道」の全文を独特の書体で写し、興味深いところを絵として配置した、いわば編集の妙も含めて、書画俳三道の達人でなければ到達し得ない境地を示している。日本の絵巻物の伝統が俳諧的にも巧みに生かされたものといってよいであろう。蕪村六十二歳の時である。

翌安永八年秋には『奥の細道図』六曲屏風一隻（重文）、十月維駒のために『奥の細道図』二巻を描いている。この『奥の細道図』屏風は、六曲の面に『おくのほそ道』全文と、「旅立ち」「那須の小姫」「須賀川の軒の栗」「佐藤継信、忠信兄弟の嫁」「塩竈の琵琶法師」「山刀伐峠越え」「鶴岡の句会」「市振の宿」「大垣の如行亭」の九枚の絵をちりばめ、その趣のある書と洒脱な絵で、蕪村の力量と俳諧味を十分に発揮した傑作である。

Ⅲ、蕪村の絵に対する評価

二業に達した人への過少評価

二業に達した人は異例である。従って二業に達した人への評価は過少評価になりがちである。池大雅（一七二三〜七六）との比較についても言える。「俳諧は芭蕉が上、蕪村はその次」、「南画の第一人者は池大雅、蕪村はその次」といった評価が蕪村生存当時から現代に至るまである。たとえば、蕪村の絵で国宝に指定されたのは、大雅との競作『十便十宜図』だけで、他は重文である。

しかしこのような評価は多分に主観的、観念的なものであろう。

「近世前後に並ぶ人なし」

蕪村の絵に対する評価には、次のようなものが、既に江戸時代に現れている。

蕪村没後二十五年、上田秋成（一七三四〜一八〇九）は「蕪村が絵はあたひ今では高間の山桜花」と『膽大小心録』に記し、橘南谿（一七五三〜一八〇五）は「近来蕪村が俳諧才気秀抜、其作皆人意の表に出づ。学びて到らざるの事にあらず。其人天然の才なり。畫亦妙品、其中能《よく》出来たる山水などは近世前後に並ぶ人なし」と『北窓瑣談《ほくそうさだん》』で述べている。

Ⅳ、蕪村の書

蕪村の詩（俳諧）と絵とともに忘れてならないのは蕪村の書である。

蕪村の書は、句（俳諧）や文、絵に比べて、あまり高く評価されているとは思えない。その書を珍重する者も、書体や紙面構成の奇抜さに目を奪われ、その底にある本質を見失いがちである。

蕪村が言うところの「俳諧物の草画」は、一体感のある絵と書を創造したものであり、蕪村自身が安永五年（一七七六）門人高井几董宛の書簡で、「はいかい物の草画、およそ海内に並ぶ者これなく候う」と言い、さらに続けて「他人には申さぬ事に候う。貴子ゆえ内意かくさず候う」と言っているのは、その自信を示すものであり、「俳諧こそ、老翁が骨髄」と言った芭蕉の言葉を思い起こさせる。

蕪村は俳と絵に、書を加え、三道に達した人であり、これを草画によって表現したといえる。

十三、優れた俳詩を生んだ不思議

―瑞々しい感覚とリズム―

俳詩とは？

蕪村の優れた俳詩を生んだ不思議について述べたい。

俳詩とは何を指すのか。俳諧、発句も、もとより詩ではあるが、五七五のような定型詩ではなく、自由な詩型をとった、いわば後の新体詩のようなものを指す。

蕪村には『北寿老仙をいたむ』、『春風馬堤ノ曲』、『澱河歌』の三つの優れた俳詩がある。

I、蕪村の俳詩『北寿老仙《ほくじゅろうせん》をいたむ』

蕪村の俳詩『北寿老仙をいたむ』は蕪村二十九歳の時の作で、八連から成る自由詩だが、その優れた叙情は「明治の新体詩より遥かに近代的」という萩原朔太郎の評をまつまでもなく、清新さと、ユニークさは、今日の人々の心にも強く訴えるものである。

北寿老仙とは？　早見晋我との交遊

主題の北寿老仙とは、だれを指すのであろうか。

北寿老仙は蕪村の『新花つみ』の狐の話に出て来る早見晋我《はやみしんが》の隠居後の号・北寿に蕪村が老仙という敬称を加えたものと思われる。

早見晋我（一六七一～一七四五）は本名・次良左衛門。別号を素順といい、下総国結城郡本郷（現茨城県結城市）に住む酒造りを業とする素封家であった。俳諧を芭蕉の弟子寶井其角（一六六一～一七〇七）に学び、その死後、同じ蕉門で其角とも親しかった佐保介我（一六五二～一七一八）に学んだ。

晋我は蕪村の師である早野巴人（宋阿）とも親しく（晋我が六歳年長）、宗阿の没後、結城、下館地域に滞在していた蕪村の良き理解者であり、蕪村より四十五歳年長という年齢差を超えて親しく交際した。「このもかのも透間白土遠若葉」などの句がある。

延享二年（一七四五）正月二十八日、晋我は七十四歳で没した。『北寿老仙をいたむ』はその直後の蕪村による挽歌である。（それより後年の作であるという推論もあるが、不自然であるし、そのようなことを裏付けるものもない。）

北寿老仙をいたむ

①君あしたに去《い》ぬ　ゆふべのこゝろ千々《ちぢ》に
何《なん》ぞはるかなる
②君をおもふて岡のべに行つ遊ぶ
をかのべ何ぞかくかなしき
③蒲公《たんぽぽ》の黄に薺《なづな》のしろう咲たる
見る人ぞなき
④雉子《きぎす》のあるか　ひたなきに鳴《なく》を聞《きけ》ば
友ありき河をへだてゝ住《すみ》にき
⑤へげのけぶりの　はと打《うち》ちれば西吹《ふく》風の
はげしくて小竹原《をざさはら》真すげはら
のがるべきかたぞなき
⑥友ありき河をへだてゝ住《すみ》にき　けふは
ほろゝともなかぬ
⑦君あしたに去《い》ぬ　ゆふべのこゝろ千々に

⑧　何《なん》ぞはるかなる　ともし火もものせず
我庵《わがいほ》のあみだ仏《ぶつ》　すごくと彳《たたず》める今宵は
花もまゐらせず
ことにたふとき

釈蕪村百拝書

［解釈］　①　あなたは、けさこの世を去ってしまわれました。日も暮れようとするこの夕べに残された私の心は、さまざまに乱れて悲しみは深いのです。どうしてあなたは遥かな所に行ってしまわれたのでしょう。

②　あなたのことを思いながら、あの岡のあたりに行きました。ともに遊んだありし日の光景が目の前を去りません。この岡が、きょうはどうしてこんなに悲しいのでしょうか。

③　たんぽぽが黄色に、なづなは白く咲いています。しかしそれをともに眺めたあなたは、もう、この世の人ではありません。

④　どこかに雉が隠れているのでしょう。一途に悲しげに鳴いているのを聞いていると、親を呼ぶ鳴き声のようにも思われます。しかし私には親とも思うあなたをお呼びすることもできないのです。思えば、かけがえのない友がこの河向うに住んでいらしたのに。

⑤　寂しさに耐えかねて人里近くに下りてきて、お宅のあたりを見ますと、この世とは思えない薄紫の煙が、はと（ぱっと）散ります。折からのはげしい西風にあおられ、たちまち夕暮の空へと消えていきました。小竹原や真菅原のどこにもこもりようもありません。一生もそのようにはかない夢幻しのようなものかもしれません。（これは雉に身を置いた寓意ともとれる。その場合は、こもりようは隠れようもないの意味ともなる。）

⑥　かけがえのないあなたという友が、ついこの間まで川を隔てて住んでいらしたのにと、きょうもこの岡に登って追憶にふけっています。（以上は④の後半のくりかえし）
　しかしきょうはあの雉もほろろとも鳴きません。

⑦　あなたはあの日の朝、突然去られてしまいました。私は日々夕べの悲しみに心はちぢに砕けるばかりです。あなたはどうして遥か遠い所へ旅立たれてしまわれたのでしょう。（①のくりかえし）

⑧　私の庵の阿弥陀仏に蝋燭もあげず、花も供えないで、しょんぼりと薄暗くなるまでたたずんでいますと、西方極楽浄土にいらっしゃるあなたのお姿が浮かんでくるようで、今宵はとくに尊いものと思われます。

釈蕪村が百拝して書きました。

［注］　去る（いぬ）＝蕪村句集「きのふ去《い》ニけふいに鴈《かり》のなき夜哉」、蕪村『新花つみ』の

「鮓《すし》つけてやがて去《い》ニたる魚屋《ととや》かな」などの用例に従い「いぬ」と読むのがよいようだ。

岡のべ＝北寿老仙の早見家と小川をはさんだ対岸に城跡の丘陵がある。岡はその丘陵を指す。

へげ＝変化（へんげ）のこと。へんげの「ん」は無表記。神仏が仮の姿で現れることをいう。あるいは神、仏そのものを指す。「へげの煙」は火葬の煙ともとれるが、ここではもっと幅の広い意味を持つ。

今宵はとくに尊い＝死後四十九日。中陰（中有《ちゅうう》）が終わって死者は三界（欲界、色界、無色界）のいずれかに再生する。あるいは六道（一切衆生がそれぞれの善悪の定めに従って死後必ず行くとされる地獄、餓鬼、畜生、阿修羅、人間、天上の六つの世界）のいずれかに赴くことが決まると信じられる。いわば最後の審判の日であるため、この日に僧を招いて冥福を祈る。蕪村のいう「とくに尊い今宵」は、この中陰明けを指すと思われる。中有（ちゅうう）は現在の生を本有（ほんう）、次の生を当有（とうう）というのに対し中間の段階を指している。

釈蕪村＝釈氏は法体を意味する。蕪村は下総結城に滞在していた時、同地にある浄土宗寺院弘《ぐ》経寺《ぎょうじ》の大玄上人のもとで剃髪したと思われる。

『北寿老仙をいたむ』の意義　和漢を融合、脱却した独自の詩形

蕪村の『北寿老仙をいたむ』の意義は、和漢を融合し、さらにこれを脱却した独自の発想と

詩形にある。加えて平易、清新な用語とリズム感にあふれたリフレインが魅力的である。そこには浄土三部経の教理と、陶淵明的な人生夢幻の哲理をふまえた上で、模擬的な漢詩を超えた日本人の創造性が輝いており、日本の文学作品の中でも奇跡ともいえる名品といってよい。

芭蕉の弟子である各務支考《かがみしこう》は「仮名詩」を提唱し、享保から元文のころにかけて数年間、江戸の俳壇でも流行した。しかしこのような漢詩を形式的に模倣した仮名詩とは異なって、挽歌として本質的に長詩形を必要とする点が『北寿老仙をいたむ』の詩としての大きな特徴である。

八十歳の孝心が蕪村の名作を世に出す

この蕪村の名作が世に出たのは、寛政五年（一七九三）早見晋我の五十回忌に当たって、当時八十歳だった後嗣の桃彦が、二代目晋我を襲名して、その記念として出版した『いそのはな』に収録されたためである。「庫《くら》のうちより見出つるまゝに右にしるし侍《はべ》る」と付記して収録された。『いそのはな』の出版は、蕪村の死から十年がたっており、おそらく蕪村自身この稿の存在を知らなかったことであろう。今日この名作を鑑賞出来るのも八十歳の桃彦の孝心が生んだこれも奇跡と言ってよい。

Ⅱ、『春風馬堤曲《しゅんぷうばていきょく》』

前人未踏の美しい内容と文体の詩

今日でも例を見ない新鮮さを持つ蕪村の俳詩『春風馬堤曲』を鑑賞し、この優れた作品を通じて二十一世紀に通じる俳聖の心を改めて味わってみたい。

俳詩『春風馬堤曲』は、安永六年（一七七七）『蕪村春興帖・夜半楽』に所収されたもので、この時、蕪村は六十一歳だった。

曲とは本来、中国では楽曲の意味で、歌うための詩句を指すようにもなった。北宗の王介保の「明妃曲」（一五六ページ参照）などがあるが、しかし蕪村の『春風馬堤曲』の特徴は、発句、漢詩、和文の詩をないまぜにした前人未踏の形式、文体にあり、美しい内容の詩である。最後に親友太祇の句で結ぶ構成も素晴らしい。

門人に送った手紙――懐旧のやるかたなきよりうめき出た思い

蕪村が『春興帖・夜半楽』を門人の柳女と賀瑞母子に送った安永六年二月二十三日付け案内状の内容は、この『春風馬堤曲』という詩に対する気持ちがはっきりと表されている。まずその内容を紹介しよう。

「春風馬堤曲　馬堤ハ毛馬塘也。則余が故園也。余、幼童之時、春色清和の日ニハ必友どちと此堤上ニのぼりて遊び候。水ニハ上下ノ船アリ、堤ニハ往来ノ客アリ。其中にハ田舎娘の浪花ニ奉公して、かしこく浪花の時勢粧《すがた》に倣ひ、髪かたちも妓家の風情をまなび正傳、しげ太夫の心中のうき名をうらやみ、故郷の兄弟を恥いやしむもの有。されども、流石故園の情に不堪。偶　親里に帰省するあだ者成べし。浪花を出てより親里迄の道行にて、引道具ノ狂言、座元夜半亭と御笑ひ可被下候。実は愚老懐旧のやるかたなきよりうめき出たる実情ニて候。」

この手紙から、この詩が娘の気持ちを代弁する形をとりながら、蕪村自身の心のうめきであり、蕪村のふるさとが毛馬村（摂津国東成郡・現大阪市都島区毛馬町）であることもわかる。

春風馬堤曲　謝《しゃ》蕪《ぶ》邨《そん》

原文

余一日問耆老於故園。
渡澱水過馬堤。
偶逢女帰省郷者

（読み下し文）

余、一日耆老《きらう》を故園に問ふ。
澱水を渡り馬堤を過《よ》ぎる。
偶《たまたま》女の郷に帰省する者に逢ふ。

先後行数里。
相顧語。容姿嬋娟。癡情可憐。
因製歌曲十八首。代女述意。
題曰春風馬堤曲

先後して行くこと数里。
相顧みて語る。容姿嬋娟《せんけん》。癡情《ちじょう》憐むべし。
因《よっ》て歌曲十八首を製し、女に代り意を述ぶ。
題して春風馬堤曲と曰ふ。

［解釈］私は、ある日老人（耆老《きろう》＝『禮記』では耆《き》は六十歳、老は七十歳をいう）を故郷に訪問した。澱水（淀川）を渡って毛馬堤を過《よ》ぎた時のことである。たまたま娘が故郷に帰るのに逢った。あい前後して行くこと数里。時々互いに振り返って言葉を交わした。娘の容姿はたおやかで、あだっぽい様子は愛らしい。そこで歌曲十八首をつくり、娘に代ってその心を述べてみた。題して「春風馬堤曲」と言う。

［注］北宗の王介保が王昭君を歌った「明妃曲」の二行目に「涙春風に潤ひて」、終わりから二行目に「君見ずや咫尺の長門」とあるのと、『春風馬堤曲』の「春風や」「君見ずや」の位置がまったく符合する。王昭君と藪入り娘を符合させたのも蕪村らしいユーモアである。

春風馬堤曲　十八首（各冒頭の洋数字は十八首の番号）

①やぶ入や浪花を出て長柄川《ながらがは》

やぶ入や浪花を出て長柄川《ながらがは》

②春風や堤長うして家遠し
③堤下摘芳草　荊与棘《けいときょく》塞路
荊棘何妬情　裂裙且傷股
④渓流石点々　踏石撮香芹
多謝水上石　教儂不沾裙

⑤一軒の茶見世の柳老にけり
⑥茶店の老婆子　儂《ワレ》を見て慇懃《いんぎん》に
無恙《ぶやう》を賀し且《かつ》儂が春衣を美《ほ》ム
⑦店中有二客　能解江南語
酒銭擲三緡　迎我譲榻去
⑧古駅三両家猫児妻を呼妻来らず
⑨呼雛籬外鶏　籬外草満地
雛飛欲越籬　籬高堕三四

春風や堤長うして家遠し
堤より下りて芳草を摘めば　荊《けい》と棘《きょく》路を塞ぐ
荊棘何ぞ妬情《とじょう》なる　裙《くん》を裂き　且つ股を傷つく
渓流石点々　石を踏んで香芹《かうきん》を撮る
多謝す水上の石　儂をして裙を沾《ぬら》さざらしむ

一軒の茶見世の柳、老いにけり
茶店の老婆子《ろうばす》　われを見て慇懃《いんぎん》に
無恙《ぶやう》を賀し、かつわれが春衣をほむ
店中二客あり　能《よ》く江南の語を解す
酒銭三緡《びん》を擲ちて我を迎え榻《たふ》を譲って去る
古駅三両家、猫児妻を呼ぶ、妻来らず
雛を呼ぶ籬外の鶏　籬外の草、地に満つ
雛飛び籬《かき》を越えんと欲す　籬高くして
堕つること三四

⑩春艸路三叉中に捷径あり我を迎ふ
⑪たんぽゝ花咲けり三々五々五々は黄に
三々は白し記得す去年此路よりす
⑫憐みとる蒲公《たんぽぽ》茎短して乳を悒《アマセリ》
⑬むかし〳〵しきりにおもふ慈母の恩
慈母の懐袍《くわいはう》別に春あり
⑭春あり成長して浪花《なには》にあり
梅は白し浪花橋辺《らうかけうへん》財主の家
春情まなび得たり浪花風流《なにはブリ》
⑮郷を辞し弟に背く身三春《さんしゅん》
本をわすれ末を取接木《とるつぎき》の梅
⑯故郷春深し行々て又行々

春艸路三叉、中に捷径あり、我を迎ふ
たんぽゝ花咲けり三々五々、五々は黄に
三々は白し、記得す去年此路よりす
憐みとる蒲公《たんぽぽ》茎短して乳をあませり
むかし〳〵しきりにおもふ慈母の恩
慈母の懐袍《くわいはう》別に春あり
春あり成長して浪花《なには》にあり
梅は白し浪花橋辺《らうかけうへん》財主の家
春情まなび得たり浪花風流《なにはブリ》
郷を辞し弟に背く身三春《さんしゅん》
本をわすれ末を取る接木《つぎき》の梅
故郷春深し行々てまた行ゆく

揚柳長堤漸くくだれり
⑰矯首はじめて見る故園の家黄昏《くわうこん》
戸に倚《よ》る白髪の人弟を抱き我を
待春又春
⑱君不見古人太祇が句
　藪入の寝るやひとりの親の側

揚柳の長堤漸くくだれり
首を矯《あげ》てはじめて見る故園の家黄昏《くわうこん》
戸に倚る白髪の人
弟を抱き我を待つ　春また春
君見ずや古人太祇が句
藪入の寝るやひとりの親の側

［解釈］　きょうこそ待ちに待った藪入りの日です。大坂を出て懐かしい長柄川《ながらがわ》（新淀川の前身・中津川の古称）の傍らを行きます。

春風が吹く堤は長く、家までの路はまだ遠いのです。

堤から川辺に下って芳しい春の草を摘むと、茨やとげのある灌木が邪魔をします。茨はどうしてやきもちやきなの。（蕪村所持の本には妬情《とじょう》を無情と改めている）裾を裂いて股を傷つけるではありませんか。

渓流に石が点々とあり、その石を踏んで香ばしい芹を取ります。有り難いことに、水上の石が私に裾をぬらさせないようにしてくれます。

見覚えのある一軒の茶店の柳が、しばらくぶりに見ると老木の感じがします。

茶店のおばあさんが私を見て、丁寧に無事を祝ってくれ、私の晴れ着をほめてくれました。私を一人前にみてくれたのでしょう。

茶店には客二人がいました。あかぬけた浪速の言葉（大坂の花街の言葉と解釈する説もあるが、不適当）を話します。私を見ると、酒銭三緡《びん》（銭一緡《さし》で百文）を置いて、私に席を譲って去って行きました。私を見て奮発したのでしょう。

二三軒の家が古い宿場のようにあります。猫が妻を呼びますが猫の妻は来ません。（芭蕉の句「猫の妻竈《へつい》の崩れより通ひけり」というようにはいかないものか……）

垣根の外では鶏が雛を呼んでいます。垣根の外には草がいっぱい生えています。雛は垣根を飛び越そうとして、垣根が高いので三、四羽は落ちてしまいます。

春草の茂る路が三つに分れます。真ん中が家への近道で私を迎えてくれます。

たんぽぽの花が三々五々と咲いています。五々は黄色く、三々は白いわたになっています。

さる年この路を通って大坂に行ったことを覚えています。

昔したようにたんぽぽの茎を折ると白い液が乳のように垂れています。

昔のやさしい母の恩愛をしきりに思い出します。慈母の懐は春のような別天地でした。

あのころは春のように幸せでした。成長して今、浪花《なには》（大坂）にいます。浪花橋《なにはばし》近くの雇主の家の梅は白い花を咲かせています。おしゃれを好む娘心は浪速の風流（風俗と華奢）を覚えて、得意になっていました。

郷里を去って弟と別れて三年目の春です。私は本をわすれて末を取る接木《つぎき》の梅のようなものなのでしょうか。

故郷の春はたけなわで、歩き続けました。揚柳の生えている長堤からようやく家に近くなったので下ります。

顔を上げれば、故郷の家が黄昏の中に見えてきました。家の戸によりかかる白髪の母が、弟を抱いて私を待っていました。ああ春また春。

みなさん、ご存じでしょうか。今は亡き太祇の句を。

「藪入の寝るやひとりの親の側」

この句ですべては尽きます。私も母親の側で寝ましょう。

美しい中のおそろしさ

蕪村の『春風馬堤曲』は以上みてきたように類いなく美しい。しかし、最後には不気味なおそろしさが潜んでいる。

「矯首はじめて見る故園の家　黄昏」

この「黄昏」（たそがれ）で事態は一変する。

「戸に倚る白髪の人、弟を抱き我を待」

戸に倚る白髪の人とは母であろう。「弟を抱き我を待つ」からには若い母であるはずだ。それがなぜ白髪なのか。また三年目に会う弟がなぜ赤子のように母に抱かれているのか。

「黄昏」という言葉で一挙に黄泉《よみ》の国に入って行く。白髪の人は、もはや藪入りの浪速娘の母ではない。蕪村の死んだ母が死産した子を抱いて蕪村を待っているのである。死産した子は母に抱かれる嬰児のままであり、その時に亡くなった母も若いはずだが、母は現在の蕪村の母にふさわしく白髪なのである。「実は愚老懐旧のやるかたなきよりうめき出たる実情ニて候」という蕪村の手紙がこの心を如実に語っている。おそろしい不気味さの中に、作者のやるせない心が伝わってくる。

そのあとに「春又春」として、また舞台を明るくさせ、

「君不見古人太祇が句　藪入の寝るやひとりの親の側」で結んでいるのは見事である。

Ⅲ、『澱河歌《でんがか》』

与謝蕪村の『夜半楽』には、『春風馬堤曲』十八首に続けて『澱河歌』三首と『老鶯児』一

首がある。その点から、この三つは一体と言えるであろう。『春風馬堤曲』と『澱河歌』はまた『北寿老仙をいたむ』とともに、蕪村の独創的な俳詩である。『澱河歌』とそれに続く『老鶯児』を鑑賞する。『澱河歌』を収めた春興帖『夜半楽』は、蕪村六十一歳の安永六年二月に刊行されたものであり、『春風馬堤曲』と同様に愛誦するのにふさわしい。

澱河歌　　三首

①　春水浮梅花　南流菟合澱
錦纜君勿解　急瀬舟如電

②　菟水合澱水　交流如一身
舟中願同寝　長為浪花人

③　君は水上の梅のごとし花水に
浮て去こと急カ也
妾は江頭の柳のごとし影水に
沈てしたがふことあたはず

老鶯児《らうあうじ》

春もや丶あなうぐひすよむかし声

①　春水、梅花を浮べ　南流して菟《と》、澱《でん》と合う
錦纜《きんらん》を君解《と》くなかれ　急瀬《きふらい》に舟は電の如し
②　菟水《とすい》、澱水《でんすい》に合い　交流して一身の如し
舟中願はくは寝を同にして　長く浪花人とならん
③　君は水上の梅のごとし花水に
浮て去《さる》こと急《すみや》カ也
妾は江頭の柳のごとし影水に
沈てしたがふことあたはず
　老鶯児《らうあうじ》
春もやゝあなうぐひすよむかし声

[解釈]　菟《と》は宇治川、澱《でん》は淀川、いずれも中国風に言ったもの。

①春の水は梅の花びらを浮べて南へ流れ、宇治川は淀川と合流します。あなたよ、舟を繋ぎとめている錦のともづなを解かないでください。早い流れに舟は稲妻のように流れてしまうでしょうから。

②宇治川は淀川と合して交わり流れて一つの体のようです。私も舟の中で、願うことなら、あ

なたと一緒に寝て、末永く浪花の人となりたいものです。
③あなたは水に浮かんだ梅の花びらのようなものです。花びらは水に浮かんだまま流れ去って行きます。私は川べりの柳のようなものです。柳の影は水に深く沈んで、流れて行くあなたについて行くことができないのです。（浮と沈がそれぞれ行頭にある）
老鶯児《らうあうじ》
春も次第に過ぎて行き、鶯が老いた声で鳴いている。はなやかな春はもう盛りを過ぎた。
［注］錦纜＝猛浩然の詩「舟人牽錦纜、浣女結羅裳」、杜甫の「秋興八首」にある「錦纜牙檣起白鴎」などを踏まえている。
江頭の柳＝郭振「子夜春歌」（『唐詩選』六）の「陌頭楊柳枝　已被春風吹　妾心正断絶　君懐那得知」を踏まえている。

＊

『澱河歌《でんが》』の構成

蕪村には扇に書いた「澱河曲」自画賛があるが、その表題と画面を見る限り伏見の遊女が客を送る気持ちを歌ったもので、これが初案と見られる。実際には蕪村が安永五年、伏見の百花樓で知人を送る宴を張った時の作で、これが推敲され、翌年出版の『夜半楽』に「澱河歌」として収録されたものであろう。

『夜半楽』の「澱河歌」における根底には、『春風馬堤曲』に出てくる藪入りで故郷に帰る娘の心と、通じるものがあると思う。第一首は、早春の中で男と会った娘の気持ち。第二首は、大坂に慣れ浪速の風に染まった娘の男へさらにつのる気持ち。第三首は、春とともに去って行く男への娘の失恋を歌ったものであろうか。

また「浮」と「沈」の文字がそれぞれ行頭にあるのは、魏の曹操の子で詩人の曹植の「君ハ清路ノ塵ノゴトク、妾ハ濁水ノ泥ノゴトシ、浮沈各勢イヲ異ニス」という詩が念頭にあるものと思われる。

老鶯児とは夏になっても鳴いている鶯のこと。残鶯《ざんおう》、夏鶯ともいう。老鶯児の児は、名詞の語尾に付ける助詞で、子供の意味ではない。

この一句は、『夜半楽』では「春風馬堤曲」十八首、『澱河歌』三首に続いて置かれ、あたかも三部作からなる連作詩の形をとっており、しかも「老鶯児」の句が『夜半楽』全体を締めくくる位置にある。これはまた『夜半楽』巻頭の句、「歳旦をしたり皃《かほ》なる俳諧師」と対応し、老いた蕪村自身のことを言っているようでもある。

十四、友人の不思議

―ユーモアと離俗の仲間―

Ⅰ、蕪村の親友たち

蕪村の友人の不思議さに注目したい。まず蕪村には親しい友人が多い。この友人たちがユーモアと蕪村が言う離俗で結ばれている。そのためか、仲違いというか、喧嘩別れの例も少ない。これが先人芭蕉と大きく異なる点であろう。その親友の筆頭は太祇（たいぎ）である。

以下にこの主な親友たちを生年順に並べてみるが、年長の友人が多いことが目につく。

晋　我　（一六七一～一七四五）巴人より六歳年長の其角、嵐雪門。
几　圭　（一六八七～一七六〇）
宋　屋　（一六八八～一七六六）蕉門・巴人系。
雲　裡　（一六九四～一七六二）

潭北（？　～一七四四）其角の門人。気のおけない友。
太祇（一七〇九～一七七一）
雁宕（？　～？　）同門の兄弟子。
蕪村（一七一六～一七八四）
嘯山（一七一八～一八〇一）
武然（一七二〇～一八〇三）
召波（一七二七～一七七一）
応挙（一七三三～一七九五）画家。

＊

この友人たちを初期の結城、ついで江戸、京、宮津、讃岐、再び京と、交際した地域順に並べて見る。

結城、下館の人々

雁宕　巴人門下で蕪村にとっては兄弟子に当たる。
晋我　巴人より六歳年長の其角、嵐雪門。したがって蕪村にとっては師にひとしい存在だったが、追悼詩『北壽老仙をいたむ』にあるような心の友でもあった。
潭北　烏山の人。其角の門人。気のおけない友。

江戸での友

雲裡《うんり》　尾張の人。支考門。江戸在中に蕪村と知り親交を結ぶ。

江戸、京を通じての友

太祇　炭太祇、紀逸門下。江戸の人、後に京に住む。

丹後・宮津での知人

竹渓　宮津の見性寺住職。

鷺十　宮津の真照寺住職。竹渓と俳諧仲間。

両巴　宮津の無縁寺住職。竹渓と俳諧仲間。

讃岐での友

玄圃　丸亀藩の医師。塩瀬氏。漢詩で知り合う。

京での友

召波　黒柳清兵衛。

応挙　丸山応挙。当時の代表的な画家。写生派の祖といわれる。蕪村との競作もある。

［京の宗阿門］

宋屋　巴人（宗阿）の弟子。師が江戸に帰ってからは京の一門を統率。明和三年七十八歳で死去。蕪村より二十八歳年長。

几圭　巴人の弟子。京の人。几董の父。
随古　巴人の弟子。
嘯山《しょうざん》　巴人の弟子。京の人。三宅氏。
武《む》然《ぜん》　宋屋の弟子。

これらの友人の中で、蕪村の俳文の対象ともなっている太祇、几圭、召波の三人について、以下に蕪村の俳文とともに触れ、彼らの魅力について述べる。（晋我については前節『北寿老仙をいたむ』で述べた）

Ⅱ、蕪村と太祇

炭太祇（たん・たいぎ）は蕪村より七歳上の親友である。
太祇といえば蕪村の名作『春風馬堤曲』の結びを思い出す。

　君不見古人太祇が句　「藪入の寝るやひとりの親の側」

太祇は宝永六年（一七〇九）江戸に生まれた。俳人、はじめ水国、ついで紀逸に学ぶ。宝暦二年（一七五二）四十三歳のころに京へ来て、僧となり大徳寺真珠庵にいたが、その後一転して島原の遊郭内に不夜庵を構えた。蕪村とは江戸在住のころから交際があり、明和年間の三果社句会では密接な交渉があった。明和八年（一七七一）八月九日、六十二歳で没した。

蕪村は『太祇句選』（明和八年刊）に序を、太祇十三回忌（天明三年）には「追慕辞」を書いている。『太祇句選』の序の冒頭で蕪村は「青丹《あおに》よしなら漬と云《いは》んより、なら茶と云んこそ俳諧のさびしみなれ」と太祇が蕪村に言った言葉を載せている。

太祇と『馬提灯《うまじやうちん》ノ図賛』

歳末について蕪村の二つの文章『歳末ノ弁』と『馬提灯ノ図賛』がある。『歳末ノ弁』は蕪村最晩年の作とみられ、『馬提灯ノ図賛』は明和八年に亡くなった親友炭太祇《たんたいぎ》の年忌の席で描いたと思われる馬提灯ノ図に付けた自賛である。ともに俳諧の精神を述べながら『歳末ノ弁』は芭蕉を慕う心を、『馬提灯ノ図賛』は友人太祇との問答の中にユーモアをたたえている。ちなみに蕪村が亡くなったのは、大祇没して十二年後の天明十二年（一七八三）、時に六十七歳だった。

馬提灯ノ図賛

師走の廿日あまり、ある人のもとにて太祇《たいぎ》と丶もにはいかいして、四更ばかりに帰りぬ。雨風はげしく夜いたうくらかりければ、裾三のづまでか丶げつ丶、からうじて室町を南に只はしりに走りけるに、風どと吹き落ちて小とぼしの火はたとけぬ。

夜いとゞくらく雨しきりにおどろ〱しく、いかゞはすべき、などなきまどひて、

蕪村云

か丶る時には馬ぢやうちんと云ふものこそよけれ。かねて心得有るべき事也。

太祇云

何、馬鹿な事云ふな。世の中のことは馬ぢやうちんが能いやら、何がよいやら一ツもしれない。

太祇のはいかいの妙、すべて理屈にわたらざる事、此の語のごとし。かのよし田の法師が白うるりといへるものあらば、といへるに伯仲すべし。

夜半寫

［解釈］　師走の二十日すぎ、ある人のもとで友人の太祇《たいぎ》とともに俳諧をして、四更ばかりになって帰った時のことである。雨風が激しくて夜はたいそう暗くなったので、裾を高くからげながら、やっとの思いで室町を南に向かってただ走りに走っていったが、風がどっと吹き落ちて持っていた小提灯の灯が消えてしまった。

夜はたいそう暗く、雨はしきりに恐ろしく降り、どうしたらいいだろうかと困り果てた

蕪村が言う。「このような時には馬提灯というものがよい。ふだんから心得て用意しておくものであった」

これに対して太祇が言う。「なに馬鹿なことを言うな。世の中のことは馬提灯がよいやら、何がよいやら一つもしれたものではない。」

太祇の俳諧の妙は、すべて理屈にわたらないことにあり、この言葉のようだ。かの吉田兼好法師が（『徒然草』で）「白うるりというものがあれば」といったことと伯仲する（匹敵する）といってよいであろう。

夜半　写す

［注］　裾三のづ＝近松門左衛門の『女殺油地獄』に「裾三のづまでひっからげ」とある。三のづ（頭）とは馬の尻の上部。裾三のづで人が裾を高く尻からげすることをいう。

四更ばかり＝午前二時ごろ。（夜明けの四時間ほど前）

馬提灯＝馬上提灯の略。長い鯨の柄を付けた丸提灯、馬上で腰に差す。風雨の夜などには便利だった。

白うるりといへるものあらば＝『徒然草』（六十段）にある盛親僧都《じゃうしんそうづ》の話。盛親僧都は、ある法師を見て「白うるり」というあだ名をつけた。その理由を聞かれて「さる物を我も知らず。若《も》しあらましかば、この僧の顔に似てん」と答えたという話による。

Ⅲ、蕪村『其雪影ノ序』と几圭

『其雪影』の成立ち

『其雪影《そのゆきかげ》』は明和九年（一七七二）、早野巴人（宋阿）の夜半亭の二世を継ぐはずだった高井几圭《きけい》の十三回忌に当たる明和九年に、子の几董《きとう》と、友人の蕪村が監修した句集である。

高井几圭（一六八七～一七六〇）は几圭庵、宋是とも号し、京の人。初め金春流の太鼓をよくしたが、後に巴人の門に入って、俗談平話の俳風で知られた。

『其雪影』には、几圭の句のほか、几董の独吟歌仙、蕪村・几董・竹護の三吟歌仙、諸家の四季雑詠発句などを収録してあり、蕪村が序文を書いた。巻頭には蕪村が、芭蕉、其角、嵐雪の三尊像と、巴人・几圭の師弟対座像を描いてその俳系を明らかにしている。

この句集の意義は、ようやく確立された蕪村とその門下の新調が盛んになろうとする様子がうかがえるところにある。蕪村関係の選集を集めた『蕪村七部集』が芭蕉の『七部集』にならって編纂されたが、このうち比較的優れたものといわれる文化五年（一八〇八）菊屋太兵衛刊の『蕪村七部集』には、『其雪影』のほかに几董編『明烏』、蕪村編『一夜四歌仙』、『花鳥編』、几董編の『続一夜四歌仙』、『続明烏』、『桃李』、維駒の『五車反古』の七部・計八部が収めている。

蕪村はこれより二年前の明和七年、五十四歳の時、三十年間空白だった夜半亭の二世を継承した。几董は、蕪村の没後、江戸に赴いて夜半亭三世を継いだ。

其雪影ノ序　本文

今や上侯伯より、下漁樵におよぶまで、俳諧せざるものなし。それが中に、一家をもて世に称せらるゝことは、きはめてかたし。京摂の際、三四指を屈するだにもいたらず。そも〱三四者は誰、几圭《きけい》其の大指を領せり。圭、はじめ巴人庵の門に遊びて、その真卒に倣はず、かたはら半時庵《はんじあん》の徒に交りて、其の聱牙《ごうが》に化せられず、ひとり俗談平話をもて、たくみに姿情を尽せり。たとはゞ小説の奇なることばは諸史のめでたき文よりも興あるがごとし。圭去りて又圭なるもの出でず。人或たま〱人情世態のをかしき句を得れば、則云圭流也と。こゝにおいて一家の論尽ぬ。

ことし十三回、其の子几董、小冊子を編て父の魂を祭る。世の追善集つくれるにはやうかはりて、あながち紫雲青蓮の句をもとめず、ひとへに弄花酔月の吟を拾ふ。魚肉蘋蘩《ひんぱん》、雑俎《ざっそ》にして供するものゝごとし。

余曰く、さはよし、又父が意也。かの闇室にこもり、せうじ、いとまめやかに、手念珠をはなたず、称名ことぐしく尼法師にこび仕へて、あやしく着ぶくれたらんよりは、鶏骨床を支ユれども、かたちかじけ眼うちくぼみたるかたにこそ、もろこしの識者は与ミし侍れ。几董之此篇其幾乎《それちかきか》。

明和壬辰秋　　夜半亭蕪村書

［解釈］　今や上は侯伯（諸大名）から、下は漁樵（漁師や木こり）におよぶまで、俳諧をしない者はいない。そんな中で、一家をもって世に認められることは、きわめて難しい。京摂（京大坂）の間で、三、四指を屈するにもいたらない。そもそも三、四人とは誰か、几圭《きけい》はその第一の指で数えるべき人である。圭（几圭のこと）は、はじめ巴人庵の門に遊んで、その真卒にならうこともなく、かたわら半時庵《はんじあん》の門人たちと交際して、その聱牙《ごうが》にも影響されず、一人、俗談平話をもって、たくみに姿情（物の形と心）を表現しつくした。たとえば小説（中国の白話小説）の珍しい言葉遣いは、もろもろの歴史書の立派な文章よりも興のあることのようだ。几圭がこの世を去って、また圭なる者は出ない。人あるいはたまたま人情世態（世相）のおかしい句を見つけると、すなわちこれを圭流だという。こういったことで、これ以上、几圭一人に加えるべき評語はないというべきであろう。

ことし几圭の十三回忌に当たって、その子几董が小冊子を編集して父の魂を祭る。世の並の追善集をつくるのとは様子が変わって、無理に紫雲青蓮（抹香くさい追善）の句を求めず、主として弄花酔月の吟を集めた。魚肉蘋蘩を雑俎（ごちゃまぜ）にして供するもののようだ。私は言った。それもよい、父の遺志にかなうものだ。かの暗い仏間にこもって、せうじ（精進《しゃうじん》、仏に仕える）もいかにもまじめに、手にまく数珠も離なさず、称名（念仏）をことごとしく（おおげさに）尼法師にへつらい仕えて、みっともなく着ぶくれて座っているよりは、鶏骨を床によって支えているが、姿もやつれ目もくぼんだ方（王戎の孝心のこと）にこそ、唐土の識者は同情したものだ。几董の編集したこの本は、それに近い形（形よりも真心がこもっている点）で孝心の現れというべきであろうか。

明和壬辰秋　　夜半亭蕪村書

［注］真卒＝正直で飾り気のないこと。蕪村の「取句法」に「去来之真卒」として真卒の左肩に「ツクロヒナキ句」と注している。

半時庵＝松木淡々（一六七四〜一七六一）のこと。渭北《いほく》とも称した。大坂の人。芭蕉の門下、芭蕉の没後、其角にも学んだ。享保俳壇の関西における中心的な人物だった。

聱牙《ごうが》＝話や文章がむずかしく、わかりにくいこと。

俗談平話＝俗語や、日常の話言葉。芭蕉の俳諧から発し、各務支考の美濃派や、中川乙由の伊勢派の理念となった。

白話小説＝中国の宋代、庶民の間に流行した俗語による「京本通俗小説」などの小説。とくに『忠義水滸伝』『西遊記』は蕪村のころの日本でもよく読まれた。

紫雲青蓮＝弥陀の来迎の時の紫の雲と、極楽の青い蓮の葉。

弄花酔月＝花をもてあそび、月に酔うの意味。四季の花鳥をたのしむこと。

魚肉蘋蘩《ひんぱん》＝魚肉と蘋蘩（蘋は浮草、蘩は白よもぎ、魚肉に対して粗末な供え物をいう）

鶏骨支床＝やせ衰えて床によって体を支えること。床は寝台、腰掛けのこと。『世説』の徳行に「王戎、和嶠同時に大喪に遭い、ともに孝を以て称せられる。王は鶏骨を床で支え、和は哭泣して礼に備う」とあり、劉仲雄は王戎の真情を現した孝心に深く共感した。

Ⅳ、蕪村『春泥句集ノ序』と召波

『春泥句集ノ序』とは？

『春泥句集ノ序』とは春泥舎召波の句集『春泥発句集』の冒頭に付けられた蕪村の序文であるが、この文章を通じて、蕪村の俳諧についての考えがよくわかる点で貴重なものといえる。

春泥舎召波は本名を黒柳清兵衛といい、京の人。生年はわからないが、明和八年（一七七一）十二月七日に没した。その後、息子の維駒が、召波の遺稿を整理して、蕪村に序文を頼み、『春泥発句集』と題し、安永六年（一七七七）、半紙本・上下二冊として刊行された。題簽《だいせん》も蕪村の自筆であり、選句も蕪村によって行われたものではないかとも考えられている。

召波は、江戸で漢学者で詩人でもある服部南郭《はっとりなんかく》（一六八三〜一七五九）に学び、漢詩に長じていた。同じく南郭に学んだ蕪村と知り合い、京に帰ってから漢詩人柳宏として活躍したが、明和年間、京に蕪村が結成した三菓社に加入、俳諧にも精進するようになった。

「しづかさや雨の後なる春の水」「白馬寺に如来うつしてけさの秋」などの句がある。

蕪村は、召波のことを「平安にめづらしき高邁の風流家」「京師に珍しき俳者」と褒めたたえ、召波が死ぬと、「我が俳諧、西せり」と嘆き、知人への手紙に「愚老、半臂《はんぴ》を殺《そ》がれし心仕候」と書いたほどだった。召波の子、維駒は天明三年（一七八三）亡父の十三回忌に遺稿集『五車反古《ごしゃほうぐ》』を編集・出版している。

以下に『春泥句集ノ序』を前半と後半に分けて鑑賞したい。

『春泥句集ノ序』の本文前半　（離俗の境地）

柳維駒《りうこれこま》、父の遺稿を編集して、余に序を乞ふ。序して曰、余、曾《かつ》テ春泥舎召波に洛西の別業に会す。波、すなはち余に俳諧を問ふ。答ヘテ曰ク。「俳諧は俗語を用ひて俗を離るゝを尚ぶ。俗を離れて俗を用ゆ、離俗ノ法最もかたし。かの何がしの禅師が隻手《せきしゅ》の声を聞ケといふもの、則ち俳諧禅にして離俗ノ則也。」

波、頓悟す。

却ッテ問フ、「叟《そう》が示すところの離俗の説、其の旨玄なりといへども、なほ是れ工案をこらして、我よりしてもとむるものにあらずや。しかじ、彼もしらず我もしらず、自然に化して俗を離るゝの捷径ありや」。

答ヘテ曰ク。「あり、詩を語るべし。子、もとより詩を能くす。他にもとむべからず」。

波、疑ヒ敢ヘテ問フ、「夫《それ》、詩と俳諧といさゝか其の致《ち》を異にす。さるを俳諧を捨てゝ詩を語れといふ。迂遠なるにあらずや」

答ヘテ曰ク。「画家に去俗論あり、曰ク、『画去俗無他法（画、俗ヲ去ルコト他ノ法無シ）、多読書則書巻之気上升シ、市俗之気下降ス矣（多ク書ヲ読メバ則チ書巻之気上升シ、市俗之気下降ス）。学者其慎旃哉ト（学ブ者ハ其《そ》レ旃《これ》ヲ慎メ哉《や》ト）』。それ、画の俗を去るだも、筆を投じて書を読ましむ。況んや、詩と俳諧と何の遠しとする事あらんや」

波、すなはち悟す。

［解釈］　柳維駒《りうこれこま》が父召波の遺稿を編集し、私に序を乞うて来た。そこで私は序に次のように書いた。私はかつて春泥舎召波に洛西の別荘で会ったことがある。その時、召波は、私に俳諧とは何かを問うて来た。

そこで答えて言うには「俳諧は俗語を使って俗を離れるのを尚びます。俗を離れて俗を用いる、この離俗の法が最も難しいのです。かの何がしの禅師が隻手の声を聞けというものと通じる、すなわち俳諧禅とでもいうべきものであって、これが離俗の法則なのです。」

召波は、すぐに悟った。

召波は、さらに質問して来た。「師が示されるところの離俗の説は、その趣旨は、奥深く玄明というべきでしょうが、なお工案（公案、工夫）をこらして、自分自身で、その神髄を求めるものでものではないでしょうか。いっそのこと、相手も考えず、自分も意識することなく、自然に同化して俗を離れることのできる近道はあるのでしょうか」。

私は答えた。「あります。詩（漢詩）を研究しなさい。あなたは、もともと詩に巧みです。他に求める必要はありません」。

召波は、また疑問が湧いて来て、さらに質問してきた。「漢詩と俳諧とではいささか、その致（趣き）を異にしています。それなのに俳諧を捨てて詩を語れというのは、迂遠（まわりくどい）ではないでしょうか」

それに対して答えた。

「画論に、去俗論というものがあって、次のようにいっています。『画の道で俗を去ることに他の法はない。多く書を読めば、すなわち書巻の気が上昇して市俗の気は下降する。学ぶ者はそれ旃《これ》を慎め哉《や》と』。そのように、画の道で俗を去ることでさえ、絵筆を捨てて書を読めといっているのです。まして、詩と俳諧との間が遠いとすることがあるでしょうか」

召波は、すぐに悟った。


［注］隻手《せきしゅ》の声＝臨済禅の公案の一つ。両手で鳴らす音は誰にも聞こえるが、耳で聞きとれない片手で鳴らす音を、心の耳で聞かねばならないとして、絶対真理のあり方を示す。臨済宗中興の祖といわれる白隠（一六八五～一七六八）が参禅者を指導する場合に常用した。「かの何がしの禅師」と蕪村が言うのはこの白隠のこと。白隠は蕪村より三十一歳年長のほぼ同時代人である。

画家の去俗論＝中国・清の李漁が刊行した画論・画譜集『芥子園画伝《かいしえんがでん》初集』で著者である画家の李槩が「画に穉気《ちき》があっても滞気はよくない。覇気があっても市気はよくない。滞ると生気が無くなる。市気があれば俗っぽくなる。」と述べている。

蕪村『春泥句集ノ序』後半（俳諧の佳境）

或日又問フ、「いにしへより俳諧の数家各々門戸を分ち、風調を異にす。いづれの門よりして歟《か》、其堂奥をうかゞはんや」。

答へテ曰ク。「俳諧に門戸なし。只是れ俳諧門といふを以テ門とす。又是れ画論ニ曰ク、『諸名家不分門立戸、門戸自在其中（諸名家門ヲ分チ戸ヲ立ズ、門戸自ラ其ノ中ニ在リ）』。俳諧又かくのごとし。諸流を尽シて一嚢中に貯へ、みづから其のよきものを撰び用に随ひて出す。唯自己ノ胸中いかんと顧みるの外、他の法なし。しかれども常に其の友を撰びて、其の人に交はるにあらざれば、其の郷に至ることかたし。」

波、問フ。「其の友とするものは誰ソや」。

答フ、「其角を尋ね、嵐雪を訪ひ、素堂を倡《いざな》ひ、鬼貫《おにつら》に伴ふ。日々此の四老に会して、はつかに市城名利の域を離れ、林園に遊び、山水にうたげし、酒を酌て談笑し、句を得ることは専ラ不用意を貴ぶ。如此する事日々。或日又四老に會す。幽賞雅懐はじめのごとし。眼を閉て苦吟し、句を得て眼を開く。忽四老の所在を失す。しらず、いづれのところに仙花し去るや。恍《くわう》として一人自イム《たたず》、時に花香風に和し、月光水に浮ぶ。是、子が俳諧の郷也。」

波、微笑す。

つひに我社裏に帰して句を吐くこと数千、最、麦林・支考を非斥す。

余曰、麦林・支考、其調賤しといへども、工みに人情世態を尽ス。さればまゝ支・麦の句法に倣ふも又工案の一助ならざるにあらず。詩家に李・杜を貴ぶに論なし。猶、元・白をすてざるが如くせよ。」

波、曰ク、「叟、我をあざむきて野狐禅《やこぜん》に引くことなかれ。画家に呉・張を画魔とす。文・麦は則ち俳魔ならくのみ」。ますく支・麦を罵りて、進んで他岐を顧みず、つひに俳諧の佳境を極む。

をしむべし。一旦病にふして起ツことあたはず。形容日々にかじけ湯薬ほどこすべからず。預《あらかじ》め終焉の期《ご》をさし、余を招きて手を握りて曰、「恨むらくは、叟とゝもに流行を同じくせざることを」と言ひ終りて、涙潸然《さんぜん》として泉下に帰しぬ。余三たび泣きて曰ク、「我が俳諧西せり。我が俳諧西せり。」

右のことばは『夜半茗話《やはんめいわ》』といふ冊子の中に記せる文也。『夜半茗話』は余が机辺の随筆にて多くもろくの人と討論せしことを雑録したるもの也。しかるに其の文を其のまゝにて、此の集の序とすることは、まことに故あり。此の文を見て波子が清韻洒落なるや、其のひとゝなりを知りてその句のいつはりなきことを味はふべし。かの虎の皮を引きかうだる羊に類すべからずといふことを、

洛下の夜半亭に於て

于時　安永丁酉《ていいう》冬十二月七日　　六十二翁蕪村書

［解釈］　ある日また質問してきた。「昔から俳諧の宗匠たちは各々流派を分ち、作風調子を異にしています。どの門から、その奥義を探ればよいのでしょうか」。

私は答えた。「俳諧に門戸はありません。ただ俳諧門というものをもって門としています。また画論に次のような言葉があります。『諸名家は門を分ち戸を立てているわけではないが、門戸が自然にできている』。俳諧もまたこのようなものです。諸流を学び尽して一嚢中（胸中）に貯え、みづからそのよいものを選んで用途に随って利用する。自己の胸中はどうであろうかと顧みるほかに方法はありません。しかし常に良い友を選んで、その人と心を交わるのでなければ、離俗の境地に達することは難しいのです。」

召波は質問した。「その友とするものは誰ですか」。

私は答えた。「其角を尋ね、嵐雪を訪い、素堂を誘い、鬼貫に従います。日々、この四老に会して、はつか（いささか）に市城名利の域を離れ、林園に遊び、山水に宴をして酒を酌み交わして談笑し、句を得ることは専ら不用意を貴びます（自然に句が出るのがよいのです）。このようにして毎日を心掛け、ある日また四老に逢いました。幽賞雅懐はいつもの通りです。眼を閉じて苦吟し、句が出来て眼を開く。たちまち四老の姿は消えていました。いづれのところに仙化し去ったのかわかりません。うっとりとして一人自ら佇んでいると、時に風が花の香をかぐわし、月光は水に浮びます。これこそ、あなたが遊ぶ俳諧の境地です。」召波は微笑した。

（召波は）ついに私たちの社中の一員となって、句を吐くこと数千、はげしく麦林・支考を否定し排斥した。

私は言った。「麦林・支考はその調子は賤しいとはいっても、巧みに人情世態を表現している面もあります。それだから時には支・麦の句法に倣うのも、また工夫する助けとならないこともないでしょう。詩家の世界で李白と杜甫を貴ぶのに異論はありませんが、なお元稹《げんしん》と白楽天を捨てないようにするのと同じではないでしょうか。」

これに対し召波は言った。「師よ、私を欺いて野狐禅に引っぱって行かないでください。画家の世界では呉・張を画魔というように、支・麦はすなわち俳魔としかいえません。」

このように、ますます支・麦を罵って、突き進んで他岐を顧みず（脇見をすることなく）ついに俳諧の佳境を極めた。

（それなのに）惜しむべきことだ。（召波は）ある日、病に伏し起つことが出来なくなった。日々に痩せ衰え、薬を与えようもなかった。あらかじめ終焉の期を悟り、私を招いて手を握って「残念に思うことは、あなたと流行（新しい運動）を一緒にできないことです」と言い終って、涙を潸然《さんぜん》と流して亡くなった。私は三たび泣いて言った。「我が俳諧西せり。我が俳諧西せり。（私の俳諧は西方浄土に行ってしまった）」

右の言葉は『夜半茗話《やはんめいわ》』という冊子の中に記した文である。『夜半茗話』は私が机辺（身辺）の事を記した随筆で、多くのもろもろの人と討論したことを雑録したものである。それなのにその文をそのままにして、この集の序とすることは、まことに理由がある。この文を見て波子（召波）が清韻洒落であることや、その人となりを知って、その句の偽りのないことを味わうべきである。かの虎の皮を引きかぶった羊の類いではないということを知ってほしい。

洛下の夜半亭に於て　六十二翁蕪村書

于時　安永丁酉《ていいう》冬十二月七日

［注］画論＝『芥子園画伝《かいしえんがでん》』初集の冒頭に説かれた説。

諸名家不分門立戸＝『芥子園画伝』に「所謂諸大家者、不必分門立戸、而門戸自在」とある。

鬼貫《おにつら》＝上島氏のち平泉氏を称す。（一六六一〜一七三一）。伊丹の人。まことのほかに俳諧なしと「まこと」を俳諧の中心にした点で芭蕉に先んじた。蕉門ではないが蕪村は尊敬した。

麦林《ばくりn》・支考《しこう》＝支麦とも。麦林は伊勢の中川乙由、麦林舎と号した。支考は美濃の各務支考。ともに芭蕉の弟子だが、平俗な句風に共通するものがあり、蕪村はこれを嫌った。しかし、召波があまり麦林・支考を攻撃するので、蕪村が二人の弁護に回っているのも面白い。

李・杜＝李白と杜甫。李白は詩仙、杜甫は詩聖と称される中国唐代の詩人の双璧。
李白《りはく》（七〇一～七六二）字《あざな》は太白。主観的で自由奔放。作品「蜀道難」「早発白帝城」
杜甫《とほ》（七一二～七七〇）字は子美。写実的で沈潜。作品「兵車行」「北征」

とくに杜甫の律詩に対して李白は絶句に優れていたので「杜律李絶」という。

元・白＝元稹と白楽天。平易軽妙な詩風で並称され二人の唱和したものを「元白体」という。
元稹《げんしん》（七七九～八三一）字は微之。長編叙事詩「連昌宮詩」
白居易《はくきょい》（七七二～八四六）字は楽天。作品「新楽府」「長恨歌」「琵琶行」

元・白は、李・杜に劣るかもしれないが、支・麦と並べては酷とも思う。

野狐禅《やこぜん》＝本人は悟ったつもりでいるが、実はなまかじりの禅。

『夜半茗話《やはんめいわ》』＝蕪村が記した身辺随筆だが、今日に伝わらない。

清韻洒落《せいいんしゃらく》＝響きが清らかで、気質がさっぱりとしていること。

『春泥句集ノ序』の意義

蕪村と召波の間の俳諧の話を禅問答のような形式をとって描く。
どこかユーモアをたたえながら、俳諧の本質についての蕪村の考えがよく示されている。
『春泥句集ノ序』の意義は、このようなところにあろう。

十五、蕪村の妻と子

―晩年につかんだ幸福―

Ⅰ、妻と娘

家族へふりそそぐ愛

蕪村は正確には両親もわからず、兄弟もいたかどうか、さだかではない。

蕪村は晩婚だった。「とも」という女性を嫁に迎え、「くの」という娘を得た。年を取ってから得た子だけに、愛娘くのへの愛は強かった。

ところで蕪村が、ともと結婚したのは何時だったのか。これを推測するには、娘くのの結婚が安永五年（一七七六）十二月下旬であることが手掛かりとなる。その十年前の明和三年（一七六六）九月讃岐に行く際、弟子召波に宛てた手紙に「留守中、賎婦（妻）相守りまかりあり候う間、此辺御行過の節は折々お訪ね下さるべく候。殊更、もこれあり候ゆえ、留守中、心細き事に御座候」とある。これが現存する蕪村の書簡の中で初めて妻と子に触れたものであり、嬰児というからにはせいぜい五、六歳を出ないであろう。くのが嫁入りした時には十五、六歳ということになる。嬰児を二、三歳と解すれば、十二、三歳で嫁入りしたことになり、これは早すぎる。従って、くのが生まれたのは明和三年の五、六年前の宝暦十、十一年（一七六〇、一）ごろとなる。蕪村はこの時、四十四、五歳ということになる。

蕪村が、ともと結婚したのはそれより一、二年前の宝暦九、十年（一七五九、六〇）ごろとみられ、蕪村は四十三、四歳だった。

蕪村が詠んだ妻の句

蕪村が妻を詠んだ句を次に挙げる。

腰ぬけの妻うつくしき火燵《こたつ》哉　（明和六年？）

両足が麻痺して腰の立たない妻も、こたつに入っているとさまになっているとの解もあるが、これはこたつから出られない妻の様子を詠んだものとするのが良い。

妻や子の寝顔も見えつ薬喰《くすりぐひ》　（明和五年）

妻子が寝静まってから、男どもが薬喰と称して肉を食べる。

身にしむやなき妻のくしを閨《ねや》に踏《ふむ》　（安永六年）

亡き妻の櫛を寝室で踏んだという空想句。蕪村の方が先に亡くなった。

娘を嫁入り先から引き取る

安永五年に、くのを嫁がせた相手は三井の料理人柿屋伝兵衛と伝えられ、半年後の翌六年五月には離縁させて蕪村が手元に引き取っている。

Ⅱ、蕪村の終焉

蕪村は天明三年（一七八三）初冬から持病の胸の痛みに悩み、十二月二十五日（陽暦天明四年（一七八四一月一七日）未明、京で没した。満六十七歳だった。

遺族は妻ともと娘くのだった。俳諧の門人で、絵も良くする月溪と梅亭が臨終に侍座した。遺体は火葬にして密葬され、五七日に当たる翌天明四年一月二十五日、京の金福寺で再葬され、二十七日に遺骨が金福寺に納められた。

『夜半翁終焉記』が伝える様子

『夜半翁終焉記』　几董

かくて十二月半の日来《ひごろ》は、病毒下痢して悩ミ漸く癒《いえ》たるに似たれども、食気欲スル事なく、心身倦労れて、日毎にたのみ少く見えけるにぞ、打よりて唯命運を祈るばかり也。妻娘の人々をはじめ月渓、梅亭の輩、旦暮起臥《あけくれ》を扶て師につかふまつるの志切なるも、廿二、三日の夜はことに打うめきておはすにぞ、いと心細く覚束なくて、病顔をうかゞひつゝ、後の事などいさゝかほのめかし聞えければ、いやとよ、つら〳〵来しかたをおもふに、野總奥羽の辺鄙にありては途に煩ひ、ある時は飢もし寒暑になやみ、うき旅の数〳〵、命つれなくからきめ見しも、あまたゝびなりしが、今此帝都に居を安じ、たま〳〵病に犯さるゝといへども、医薬疎かならず、人々のまことを尽し、残るかたなき介抱も、いか成《なる》宿世の契リ浅からざるをや、愚老が本懐足ル事をしれり、されど世づかぬ娘が行末など、愛執なきにしもあらねど、なからん後はそこら二三子が情もあるらん、よしあしやなにはの事も、観念の妨げなるはと、物打かづきて答なければ、せんすべなくてうづくまり居りぬ。

廿四日の夜は病体いと静に、言語も常にかはらず、やをら月渓をちかづけて、病中の吟あり、いそぎ筆とるべしと聞るにぞ、やがて筆、硯、料紙やうのものとり出る間も心あはたゞしく吟声を窺ふに、

冬鶯むかしゐ王維《わうゐ》が垣根哉

うぐひすや何ごそつかす藪の霜

と、きこえつゝ猶、工案のやうすなり、しばらくありて又、

しら梅に明る夜ばかりとなりにけり

こは初春と題を置べしとぞ。此三句を生涯、語の限とし、睡れるごとく臨終正念にして、めでたき往生をとげたまひけり。

母子の嘆きはいふもさら也。此比《このごろ》よる昼のわかちなく附添ありしともがら、腸をたち足ずりをすれども、そのかひなし。

（以下略）

＊

師翁、白梅の一章を吟じ終て両眼を閉、今ぞ世を辞すべきの時也、夜はまだ深きやとあるに、万行の涙を払ふて

明六ツと吼て氷るや鐘の声　　月溪

夜や昼や涙にわかぬ雪ぐもり　　梅亭

（『から檜葉』から）

『夜半翁終焉記』は蕪村没後七七日までに寄せられた追悼句文をまとめた『から檜葉』の巻頭に几董が書いたもの。心のこもった名文である。後に几董は夜半亭三世を継承する。

Ⅲ、蕪村の墓に眠る妻

蕪村の墓は芭蕉庵があったという金福寺の丘の上にあり、文化十一年（一八一四）三月五日に没した妻とも（清了尼）も合葬されている。

清了尼の人柄

金福寺に保存された清了尼の法要当時の文書には次のようなものがあり、昭和十八年刊の潁原退蔵著『蕪村』によって広く紹介された。それによると、蕪村の妻が知人から敬愛されていた様子がうかがえる。

＊

与謝清了みたまにまうさく、過つるいやよひ五日といふ夜、おもふもあやにかなしく、虚蝉のよもつ国へ旅たついまはのきはみ、おのれにかたらひ賜へるをかしこみうしなふことなく、けふなむこの金福寺なる蕪村みたまの磐かくります墓のもとへ、白骨をおなしく、はふりおさめ、やからつとひて鹿しもの膝をりふせておろかみかへ奉るは、

文化十あまり一とせといふ年の卯月七日　　深雪菴羅芺かしこみ恐みまをす

散花に泣しもあと月きのふけふ

＊

清了尼世にいましける折は、膝を摺よせ春はあふり餅をとゝめられ夏は團《うちわ》の世話までなし給ひけるも、終に散るはなと、もに黄泉《よみ》の旅におもむき給ひしもけふにこそ成ければ、初月忌の法莚にならひ侍りて

此菴の若葉の露を手向水　　文、（一字不明）

Ⅳ、娘「くの」のその後

腕の持病を心配していた父

蕪村が気にかけていた娘くのには、腕に痛みがある持病があった。蕪村はこれを心配していた様子が書簡からうかがえる。明和八年（一七七一）十月召波宛の書簡に「小児の事、お尋ね下され恭けなく存じ奉り候。当分のいたみにて御座候」と初めて病気に触れ、安永二年八月の書簡では「此せつ、少々娘持病の腕痛み平臥いたし申し候」とあることから、痛みは腕で持病となっていたことがわかる。

くのを婚家先から引き取ったのも、婚家との家風が合わなかっただけでなく、十分な腕の治療ができなかったことも大きな理由だったとも考えられる。

蕪村の死後、くのは再婚している。寛政七年秋、必化坊五雲夫妻が江戸に帰る時の送別句集『あきの別れ』に、次のような句と歌がある。

とりまぜて秋をひとつの別哉　　與謝氏　と　も

故郷にゆく共秋のたひ衣　かさねてきませ夜寒いとひて　　甲田氏　久　能

この「久能」が「くの」であるならば、再婚先は甲田家ということになる。

十六、芭蕉との不思議な糸

―ある人物への共通の評価―

Ⅰ、芭蕉、其角と蕪村

芭蕉の一番弟子あるいは服部嵐雪と並んで芭蕉門下の双璧といわれた人に寶井其角《たからいきかく》がいる。其角は江戸の町医竹下東順の子として寛文元年（一六六一）に生まれ、父とともに、十三歳のころ桃青（芭蕉）の門に入った。三年後には桃青門弟独吟二十歌仙に加えられるような目覚ましい活躍をし、さらに蕉風確立の基礎となったといわれる『虚栗』（みなしぐり）を嵐雪と編纂した。

芭蕉は「草庵に桃桜あり、門人に其角、嵐雪をもてり」として「両の手に桃とさくらや草の餅」の句を詠んでいることからも高く評価していたことがわかる。

しかし豪放な性格から酒を飲んでは放吟の日々を送るようになったので、心配した芭蕉は、「朝顔に我はめし喰ふ男哉」の句を詠んで戒めたという。芭蕉の「わび、さび」とは違って市井の人々の生活を華やかに歌い、独特の「洒落」風を形成していった。

蕪村は、この其角を深く尊敬していた。『春泥句集ノ序』で蕪村は、芭蕉についで尊敬する「四老」として其角を筆頭に嵐雪、素堂、鬼貫を挙げていることでもわかる。（一八三ページ参照）

芭蕉の弟子が其角、嵐雪で、其角と嵐雪の共通の弟子が宗阿（巴人）、宗阿の弟子が蕪村である。

この師弟を生年順に示すと、次のようになる。

芭蕉（一六四四〜一六九四）
　├ 嵐雪（一六五四〜一七〇七）
　└ 其角（一六六一〜一七〇七）
　　　└ 宗阿（一六七七〜一七四二）——蕪村（一七一六〜一七八三）

Ⅱ、芭蕉の其角への評価

「其角は定家卿なり」

去来の書いたといわれる『去来抄』にこんな話がある。

　切れたるゆめハまことか　のみのあと　　其角

「其角はまことに作者である。わづかに、のみの喰ついた事を、だれがこのように言いつくすでしょうか」と去来が言ったのに対し、芭蕉は「その通りだ。彼は定家卿なり。さしてもない事をことごとしく言いつらねている」と言ったという。

「其角は定家卿なり」と言った言葉には賛辞とともに皮肉もとれる。しかしこの『去来抄』は俳文である。去来と芭蕉の師弟問答と其角の句も含めてそのユーモアを解すべきであろう。「両の手に桃とさくら」と言った芭蕉は、其角の持つ才能の一端を『新古今集』の撰者である藤原定家になぞらえたのである。

Ⅲ、蕪村の其角《きかく》への思いと句稿切《くこうぎれ》

蕪村が手に入れた其角の書いた句稿切（原稿の断片）についての文章を通して、蕪村が、先人其角に対して抱いた思いと、其角を評価した芭蕉との接点について触れたい。

*

天明元年（一七八一）十二月、蕪村は其角一門の句帳の一枚を入手、それを其角の真跡と鑑定した理由を記し、其角の後ろ向きの像を描き添え、その後に真跡を張り継いでいる。

句稿切の内容

けしの花の馬黒《ばこく》が句より、薪舟《しんしう》の已郷が句迄、十五句は晋子《しんし》が真跡にして家の句帳なるべし。されぱこそみづからの句に名なきをもてしるべし。因に云、五元集といへるもの晋子自ら撰び自ら書して木に彫《ゑら》んとはかりけるに、業を卒《をへ》ずして世を去りぬ。其稿、芝神明の別当のもとに伝りて秘め置けるを、我友百万坊旨原《しげん》とかくこしらへすかして得たり。

さはかうやうの物、等閑に打すておくべき。印板して不朽につたへ、晋子のほゐとぐべし。このものつゆたがはず写し得させよと、予に任しけるを、いかにもと領掌しつゝ、又野総のあいだに客遊すること二とせあまり也。旨原うちはらだちて、いかで我帰府を待べき。やがて亀成《きせい》なるものにゆだねて、晋子の手沢、隻字半点のあやまりなく写し出しぬ。世に行る、五元集、是也。

今、此書をかうがへ見るに、五元集の元本と雌雄相逢ふがごとし。晋子の筆のたん冊などは世に多く見侍れど、かゝる記録ぎれは、五元集の稿の外、見もあたらぬものなり。さあるもの、希有にして我手裏に帰したる事、まことに此道に心よする奇特にやと、いとうれしくて、すなはち晋子の像を模写して我家の青氈とはなしぬ。

天明元辛丑冬十二月中浣　　　夜半亭　蕪村書　　印

［解釈］　けしの花の馬黒《ばこく》の句から薪舟の己郷の句まで十五句は晋子（其角）の真跡で、家の句帳であると思う。それだからこそ、自分の句には名がないことをもって知るべきであろう。ちなみに云えば、五元集というものは晋子自らが撰び、自ら書して、版木に彫ろうと計画したが、業を完成しないうちに世を去ってしまった。その稿は芝神明宮の別当の許に伝って秘められていたが、我が友百万坊旨原がいろいろと口実を設け譲り受けたものである。それであるから、このような大切な物を、等閑（なおざり）に打ち捨てておいてよいものであろうか。印板（出版）して永久に伝え、晋子の望みをとぐべきである。このもの寸分も違わず写してほしいと、私にまかせたのに、いかにもと承知しながら、また野総（下野・下総）のあたりを遊歴すること二年余となってしまった。旨原は腹を立てて、どうして私の帰府を待つことができようかと、やがて亀成《きせい》という者に任せて、晋子の手沢、隻字半点の誤りもなく写し出した。世に行われる五元集はこれである。

今、（私が手に入れた）この書を考えてみると、五元集の元本と雌雄相逢うようなものである。晋子自筆の短冊などは世に多く見られるが、このような記録切れは、五元集の稿の外には見当たらない。そのようなものが、希有にして我が手中に帰したことは、まことにこの道に心を寄せている奇特であろうと、たいそううれしくて、すはわち晋子の像を模写して我が家の青氈《せいせん》（宝物）とした次第である。

天明元辛丑冬十二月中浣　　夜半亭　蕪村書　印

［注］五元集＝其角の句集。百万坊旨原《しげん》が編集して延享四年（一七四七）竹川藤兵衛板で刊行された。元・亨・利・貞の四巻から成るが、このうち元・亨の二巻は其角自筆自選の発句集で、一千余句を四季に分類している。

芝神明宮の別当＝芝神明宮（飯倉神明宮・現在の芝大神宮）の別当。当時の別当は金剛院実円と思われる。

百万坊旨原《しげん》（一七二五〜七八）＝小栗氏、通称次右衛門。江戸の人。独歩庵超波（一七〇五〜四〇）の門下。其角、嵐雪に傾倒。安永七年、五十三歳で没。

亀成《きせい》（？　〜一七五六）＝江戸の人。江戸の俳人で蕪村とも親交があった馬場存義（一七〇二〜八二）の門下。宝暦六年没。

Ⅳ、その人の名は？

「太鼓持ち」「幇間俳人」といった批判

芭蕉と蕪村を繋ぐ人はだれか。芭蕉が認め、蕪村が尊敬したその人の名は寶井其角である。其角には「太鼓持ち」とか「幇間俳人」と言った批判が時にある。しかしそのような批評が当たるものであろうか。

俳諧の宗匠とは何か

芭蕉の「奥の細道」の旅に例をとろう。芭蕉が厳戒体制の伊達藩領を過ぎて出羽の幕府領尾花沢に来て、旧知の豪商鈴木清風邸に泊まった時は、ほっとして、ほぼ二日以上、死んだように寝入った。その時の句が

「涼しさを我が宿にしてねまるなり」

「這ひ出よかひやが下のひきの聲」　である。

清風は紅花を扱う豪商で江戸にも京にもしばしば来た。紅花不買同盟が起きて紅花の値が暴落したのに対抗して、紅花とみせた木屑を焼いて値を暴騰させ三万両の巨利を得て、その金で

吉原を三日三晩買い上げ、大門を閉じさせ、遊女たちを休ませたという豪快な男である。
四年前の貞享二年（一六八五）六月、江戸小石川での清風歓迎の古式俳諧（百韻）は、

発句　涼しさの凝《こ》りくだくるか水車　清風
脇句　青鷺草を見越す朝月　芭蕉

三年前の貞享三年三月の　七吟歌仙　では

発句　花咲きて七日鶴見る麓かな　芭蕉
脇句　懼《お》ぢて蛙のわたる細橋　清風

とある。三、四年前の句会での相手の発句の「涼しさ」と脇句の「蛙」（ひきがえる）を見事に読み込む。相手への礼を尽くして、ユーモアをきかす。これが優れた俳諧の宗匠なのである。豪快な清風も喜んだことであろう。

芭蕉に劣らぬ座をとりもち引き立たせる宗匠の力量が其角にはあった。「太鼓持ち」とか「幇間俳人」と言った批判は、俳諧の座の本質と其角のあふれる才気を無視したものであろう。この異能の俳人其角の弟子巴人の弟子であった蕪村は、また其角を通して改めて芭蕉に親しみを抱いたことであろう。

第四部　芭蕉と蕪村の四季

芭蕉と蕪村の四季折々の句の中から印象に残り、特徴のある句を選んで鑑賞することを通じて、改めて二人の人間像に迫ってみたい。

［参考］　年号と西暦の対応

芭蕉の時代

寛文元年（一六六一）　延宝元年（一六七三）　天和元年（一六八一）
貞享元年（一六八四）　元禄元年（一六八八）

蕪村の時代

享保元年（一七一六）　元文元年（一七三六）　寛保元年（一七四一）
延享元年（一七四四）　寛延元年（一七四八）　宝暦元年（一七五一）
明和元年（一七六四）　安永元年（一七七二）　天明元年（一七八一）

十七、京の春、江戸の春

―伸び伸びと太平を謳歌―

天子のいる京と、将軍のいる江戸…。江戸時代の二つの都を詠んだ芭蕉と蕪村の句には太平の春をたたえたものも多い。京と江戸の春の句を選んでみる。

Ⅰ、千代の春

世界史上にも類のない平和国家

天鉀や京江戸かけて千代の春　（延宝4）芭蕉

『誹諧当世男』所収。天秤（てんびん）は天鉀の字を使っている。天秤の両方の台に架けた物がうまくつり合っているように、京も江戸もともに同じように繁栄している、めでたい初春であるという意味。「かける」は天秤と、京・江戸共にの両方にかけた言葉である。

千代の春とは初春のことで、明けの春、御代の春ともいうが、とくに千代の春という場合は御代を壽ぐ意味が込められている。ここには世界にも類をみない太平を素直に謳歌する江戸市民の初春への気持ちが表れ、江戸だけでなく京を並べることによって、日本中を意味するスケールが出て、心地好いリズムもあり、機知にも富んだ若き日の芭蕉らしい句である。
京と江戸を並べて詠んだものに次のような句がある。
芭蕉より古いものとして

花火踊よき持成べし京と江戸　紫塵　『六百番発句合』

江戸の花火と京の踊りは良い勝負であるとの意味。持（もち）とは、歌会や句会、相撲や碁などで用いる語で、引き分けのことである。

京と江戸隣ありきや御代の春　武矩　『江戸通り町』

この句は延宝五年なので、芭蕉の句より一年後となる。

青柳や我大君の艸《くさ》か木か　（明和9）蕪村

『蕪村句集』に所収のこの蕪村の句も大平の謳歌である。「禁城ノ春色暁蒼々」と前書がある。『唐詩選』七にある賈至《かし》の詩「禁城ノ春色暁蒼々、千条ノ弱柳青瑣ニ垂レ…」に題をとっており、「禁城」は皇居、「蒼々」は薄暗いこと。まだ暁方なので春の皇居も薄暗く柳も黒ずんでぼうっとしているの意味である。蕪村のこの句は「青柳よ、我が大君の草というべきか、木というべきか、暁なのではっきりしないな」という意味で、詩意が俳諧化されている。

「我が大君の草か木か」は、天智天皇の時に藤原千方《ちかた》が鬼を使って天皇に反抗した。それに対して紀朝雄《きのともを》が「草も木も我が大君の國ならばいづくか鬼の栖《すみか》なるべき」と詠むと、鬼は退散したという故事による。蕪村の和漢にわたる教養もしのばれるが、伸び伸びとした響きが新春らしい心地好さを与える。

Ⅱ、京の春

花の京と芭蕉

芭蕉には京を詠んだ句はあまり多くないが、その中で春と関係のある句を挙げてみる。

京は九万九千くんじゅの花見哉　（寛文6）芭蕉

『詞林金玉集』所収。芭蕉らしい数字の使い方が巧みで心地よい。くんじゅは群衆のこと。

大裏雛人形天皇の御宇とかや　（延宝6）芭蕉

『江戸広小路』所収。「大裏」は「内裏」が正しい。『高名集』や『芭蕉句選』では内裏雛となっている。

朧月夜、蕪村の王朝風の幻想

優れた画家でもある蕪村の句の特徴の一つである絵画的な幻想が京の春を美しくうたう。

春の夜に尊き御所を守《もる》身かな　（明和6）蕪村

御所を守る衛士《えじ》を詠んだ。平和な春の夜と緊張の対比。

女倶《ぐ》して内裏拝まんおぼろ月　（明和9）蕪村

酒席の美妓を誘い出そうとしたことを、朧月の御所、幻想的な王朝の世界に転化した蕪村らしい句である。

青柳や芹生《せりふ》の里のせりの中　（安永6）蕪村

芹生の里は京の大原寂光院の近くにあり、西行などにも詠まれた歌枕。優雅な地名と、せりを重ねた語感も心地良い。

花の香や嵯峨のともし火消《きゆ》る時　（安永6）蕪村

嵯峨ひと日閑院様《かんゐんさま》のさくら哉　（安永7〜天明3）蕪村

閑院様は閑院宮家。江戸中期に天皇家の断絶を防ぐため新井白石の建議で確立された四親王家の一つ。閑院宮家の桜と、新古今集巻十六の閑院左大将朝光の家の桜のことをかけた句。

春水《しゆんすい》や四条五條の橋の下　（安永7〜天明3）蕪村

花に暮ぬ我すむ京に帰去来《かえりなん》　（安永2）蕪村

「帰去来」は陶淵明「帰去来ノ辞」の冒頭の句。

なには女や京を寒がる御忌詣《ぎょきまうで》　（明和6）蕪村

「早春」と題して『蕪村句集』に所収。大坂よりだいぶ寒い京の様子が実感される。

御忌詣は浄土宗の開祖法然《ほうねん》上人の忌日。正月十九日から七日間、総本山の知恩院で行われた。正月なので参拝客は晴れ着で集まった。

御忌《ぎょき》の鐘ひゞくや谷の氷まで　（安永4）蕪村

以上の九句はいずれも『蕪村句集』所収。

Ⅲ、江戸の春

かびたんと繁栄の鐘

かびたん―甲比丹（かぴたん）長崎の出島にいるオランダの商館長のこと。年一回、長崎から将軍に謁見するため江戸にやってくる。江戸は其角が「鐘一つ売れぬ日はなし江戸の春」と詠んだように、芭蕉も伸び伸びと江戸の繁栄をうたっている。

かびたんもつくばゝせけり君が春　（延宝6）芭蕉

『江戸通り町』所収。

阿蘭陀《おらんだ》も花に来にけり馬に鞍　（延宝7）芭蕉

『江戸蛇之酢』所収。オランダの商館長が江戸に上って来るのは毎年三月が多かったので、「花に来にけり」となる。江戸での定宿は日本橋の長崎屋源右衛門（現・室町三丁目、JR新日本橋駅のある場所）だった。芭蕉は深川に移る前、日本橋におり、蕪村も日本橋石町の時の鐘近くの夜半亭にいたことがある。

「石町の鐘は和蘭陀まで聞え」の川柳もある。

芭蕉と同時代人で、『日本誌』の著者・ドイツ人の植物学者エンゲルベルト・ケンペル（一六五一〜一七一六）はオランダ商館長の随員として元禄三、四年（一六八九、九〇）の二回、江戸に来て将軍綱吉に謁している。

於《アア》春々大《ナル》哉春と云々　（延宝8）芭蕉

のびやかな句。『向之岡』所収。

観音のいらかみやりつ花の雲　（貞享3）芭蕉

其角編『末《うら》若葉』所収。『末若葉』の文によって深川芭蕉庵からの遠望であることがわかる。深川から浅草観音堂の大屋根がよく見えたのである。

春もやゝ気色とゝのふ月と梅　（元禄6）芭蕉

春めいてくる様子を月と梅で描く。芭蕉が好んだ画賛句。江戸での作。

Ⅳ、春雨

芭蕉と蕪村の春雨の句を挙げてみる。
まず芭蕉の春雨をテーマとした句を五つ。

春雨のこしたにつたふ清水哉　貞享五年（一六八八）作、『笈の小文』所収

（貞享五年か元禄元年の作かが問題だが、貞享五年の九月三十日に元禄元年と改元されており、この句は春の句なので当然、貞享五年作となる）『笈の小文』の中にある「苔清水」と題した句で『真蹟拾遺』にもある。『芭蕉庵小文庫』には「はる雨の木下にかゝる雫《しづく》かな」とあるので「こした」とは木下のことになる。しかし「木下にかゝる雫」ならわかるが、「木下につたふ清水」ではちょっとわかりにくい。

春雨や蓬《よもぎ》をのばす艸《くさ》の道　元禄二年（一六八九）作、『艸の道』所収

春雨が道端のよもぎを成長させていく。「よもぎ」と「伸ばす」の取り合わせが利いている。しかも「よもぎが伸びる」ではなく、「伸ばす」としたところに、よもぎの成長を喜ぶ心がうかがえる。

不性《ぶしやう》さやかき起こされし春の雨　元禄3、『猿簑』所収

「赤坂の庵にて」とあるので元禄三年、故郷伊賀に行った時の作と思われる。「抱起さるゝ」とした芭蕉自筆の書簡もあるが、子供ではないから「抱き起こされる」はオーバーで、「かき起こされ」と後で改めたとも考えられる。「かき」は起こすの接頭語で、調子を強め、呼び起こす、揺り起こす感じもある。「不性」は無精のことで、起こされたら、しとしとと春雨が降っていた、春眠暁を覚えずといった感じである。あるいは久し振りの故郷で、ぐっすり寝て兄に起こされたのであろうか。

春雨や蜂の巣つたふ屋ねの漏《もり》　　元禄7、『炭俵』所収

春雨が家の屋根の端から漏って、軒下の壁にある蜂の巣を伝わっていく。春雨を主題に、人と蜂の家を静かに眺めている芭蕉の姿がある。

春雨や簑《みの》吹かえす川柳　　元禄七年作、『はたか麦』所収

春雨がかすかな風をともなって、川べりの柳越しに吹く。その風がおりから川を行く船頭の簑をさっととふきあおる…。音と動きを伴った句である。

＊

これに対する蕪村の春雨を詠んだ句を五つ。

春雨やものがたりゆく簑と傘　　天明2、『蕪村句集』『夜半叟句集』所収

春雨の中、簑は男で、傘は女のようにも思えるが、蕪村が小刷物に描いた簑と傘の人物は二人とも男である。この句の二人も男ならば「漁樵問答」のような脱俗的なものになろうか。

春雨に下駄買《かふ》泊瀬《はせ》の法師かな　　天明2『蕪村遺稿』所収

泊瀬《はせ》とは長谷寺《はせでら》のこと、長谷寺の僧が、おりからの春雨で下駄を買った。泊瀬という言葉が利いている。

はるさめや暮なんとしてけふも有　　天明3、『蕪村句集』『夜半叟句集』所収

「暮なんとして今日もあり」がよい。「今日も暮なんとしてあり」を倒置し効果をあげたという説もあるが、「今日もあり」という言葉は不可分であり、すなおに時間の無限性といったものを味わうべきである。

春雨や小磯の小貝ぬるゝほど　　明和6、『蕪村句集』所収

「ぬるるほど」が春雨の状態をよく現している。詩人萩原朔太郎は「女性の爪のように、ほのかに光っている磯辺の小貝が悩ましくも印象強く感じられる」とたたえている。小磯・小貝と「こ」を重ねた音律も心地よい。しかしこれには芭蕉の『おくのほそ道』にある「浪の間や小貝にまじる萩の塵」の初案「小萩ちれますほの小貝小盃」がある。

雛見世《ひなみせ》の灯を引ころや春の雨　　明和6、『蕪村句集』

『落日庵句集』所収

雛見世は三月三日の節句の前に雛人形を売る店で、灯を引くとは灯を消すことであり、華やかな店も閉まって夜となる頃、雨が降って来る。江戸では雛見世は日本橋十軒店などに集中していた。十軒店は蕪村が内弟子でいた宗阿（早野巴人）の夜半亭がある本石町に近いので蕪村の実感の句であろう。『江戸砂子』に「十軒店は本町と石町の間にある大通りで、三月節句前に雛、五月節句前に兜人形、師走に眞弓、羽子板の市が立つ繁華の所」としている。

V、蕪村の春の水

「橋なくて日暮んとする春の水」「春の水山なき國を流れけり」などのように蕪村には「春の水」を詠んだ句があるが、芭蕉には春の水という言葉はない。このあたりが蕪村のやはりユニークなところであろう。

橋なくて日暮んとする春の水

安永4（一七七五）作、『蕪村句集』所収

川べりをどこまで行っても橋がない。早く対岸に渡りたいのだが……。
東京の善福寺川に沿った長い長い緑地帯の遊歩道を歩く。私の自宅に近いのだが、ふだん歩いたことのない道である。このあたりに橋があれば、自宅に最短距離で帰れると思うが、ない。この時、蕪村の句が実感を持って迫ってくる。おりから長くなった春の日がようやく暮れようとしている。この句を誦すると、春の夕暮れが彷彿としてくる。

春の水山なき國を流れけり

明和六年作、『俳諧新選』『安永四年一鼠宛』『新五子稿』などに所収

ゆったりと春の川は流れて行く。周りに山はない広々とした平野である。蕪村の故郷淀川べりが原風景であろうか。「山なき国」という言葉が秀抜であり、春ののどかさを感じさせて余韻がある。

このほか春の水を詠んだものに「春の水背戸《せど》に田作らんとぞ思ふ」「春の水にうたゝ鵜縄《うなわ》の稽古哉」（いずれも『蕪村句集』）、「春の水すみれつばなをぬらし行」（『蕪村遺稿』）、「足よはのわたりてにごるはるの水」（『夜半叟句集』）などがある。

Ⅵ、梅、桃、櫻

春の花、梅、桃、桜の句を一句づつ挙げてみる。

梅

やまざとはまんざい遅し梅花　（元禄4）芭蕉「真蹟懐紙」

白梅や墨芳しき鴻臚館　（安永4）蕪村『蕪村句集』

芭蕉の句は「伊陽山中初春」と題し真蹟懐紙があり『ミの虫』や『笈日記』などに所収されている。まんざい（万歳）は正月に回ってくるものだが、山里なので遅く梅の花が咲くころにやって来るという意味である。蕪村の句の鴻臚館《こうろかん》とは奈良・平安時代に、都や難波、太宰府、博多などにあった外国使節を接待する館、いわば迎賓館である。館の中では詩の交歓が行われ、すられた墨の匂いも芳しくたちこめている。蕪村がこの様子を見たわけではなく、あくまでも想像なのに、清冽で力強く、王朝時代の情景を浮かび上がらせている。

蕪村には「しら梅や北野ゝ茶店《ちゃや》にすまひ取」の句があるが、鴻臚館の句の場合は「しら梅」ではなく「白梅」であり「はくばい」と読む。鴻臚館という漢語に相応させるためである。

桃

煩《わづら》へば餅をも喰はず桃の花　（貞享3）芭蕉

喰ふて寝て牛にならばや桃花《もものはな》　（明和年間）蕪村

一方は食べない、一方は食べる。桃の花の咲く頃ののんびりとした春。ともにユーモアにあふれて、俳諧の一極致を示す。

櫻

花に酔《ゑへ》り羽織着てかたな指す女　（延宝末年ごろ）芭蕉　『続深川集』

花に舞ハで帰《かえる》さにくし白拍子《しらびょうし》　（安永9）蕪村

『蕪村句集』『連句会草稿』所収

芭蕉の句は「上野の春興」と題したもの。酔って男の羽織を着て刀を差してふざけている女、今も昔も変わらない上野の花見時の一場面。一方では周りが期待しているのに舞わずに帰る舞子。白拍子とは平安・鎌倉時代に水干、立烏帽子姿で歌舞を演じた芸妓だが、蕪村のいう白拍子は単なる舞子を指しているのであろう。花見の女性を描いて芭蕉の状況キャッチと、蕪村の感情移入がともに抜群である。

Ⅶ、ゆく春

芭蕉と蕪村の、ゆく春をうたった句を三つづつ挙げてみる。

＊

行春にわかの浦にて追付たり　（貞享5）芭蕉　『笈の小文』所収

行春やむらさきさむる筑羽山《つくばやま》　（安永3）蕪村　『蕪村句集』所収

和歌の浦も有名な歌枕だが、関東の筑波山も万葉の昔から和歌に歌われた山である。芭蕉は『鹿島紀行』で筑波山について「和歌なくばあるべからず。句なくばすぐべからず。まことに愛すべき山のすがたなりけらし」としている。芭蕉の句は『笈の小文』の旅で高野山から和歌の浦に来て、行春に追い付いた感じをもったというのである。蕪村の筑波山の句は、山の様子が紫色から緑色に変わって行く、春から夏への季節の移り変わりを「紫褪《さ》める」という言葉で表現している。蕪村は筑波山に近い結城、下館あたりにも住んでいたが、「紫の筑波、雪の富士」と対比されるように海抜三七七六米《メートル》の富士山に対して、わずか八七六米《メートル》ではあるが筑波山も江戸からよく見えた。

「大正の初め田舎から出てきて本郷向ヶ丘の寄宿寮へ入った青年が、おお富士山が見える！と叫んだ。それは筑波山であったから皆の哄笑を買ったが、しかし常陸の平野の真ん中に立った筑波は、意想外に高いのである。」と、深田久弥はその著『日本百名山』で述べている。

＊

行はるや鳥啼《なき》うをの目は泪　（元禄2）芭蕉　『おくのほそ道』

ゆく春や同車《どうしゃ》の君のさゝめ言　　（安永9）蕪村　『蕪村遺稿』所収

芭蕉の句は奥の細道の旅立ちで見送りの人々に別れを告げた千住での句で、その表現は今も新鮮である。蕪村の句は牛車の中で大宮人によりそう美しい女性が睦言《むつごと》をささやいている王朝絵巻のような情景である。

＊

行春を近江の人とおしみける　　（元禄3）芭蕉　『猿簑』所収

ゆく春や逡巡《しゅんじゅん》として遅ざくら　　（天明2）蕪村　『蕪村句集』所収

芭蕉の句に対し、門人尚白が「近江は丹波でも、行春は行年にもなる」と批判したが、これに対し去来は「湖水朦朧として春惜しむに便有べし」として近江でなければならないことを述べ、芭蕉に我が意を得たりと言わせたことはすでに述べた。蕪村の句の遅桜は、八重桜のようなものを指し、　遅咲きの桜の濃艶な美しさが、春を惜しむかのような風情を持つ。

十八、五月雨と牡丹

―「最上川」と「家二軒」―

元禄二年三月末から九月まで、みちのくから北陸へと歩いた芭蕉の「奥の細道」の旅。それは梅雨時、五月雨（さみだれ）の季節でもあった。この年の長梅雨に悩まされながら「五月雨をあつめて早し最上川」の句など多くの名句を残した。五月雨で思い起こすのは蕪村の「さみだれや大河を前に家二軒」の句である。この二つの句を中心に五月雨の句を鑑賞しよう。

I、増す水量の激しさ

五月雨をあつめて早し最上川　（元禄2）芭蕉

五月雨で増水した大河最上川の滔々と流れる勢いを活写した。『おくのほそ道』に出てくるよく知られた句であり、芭蕉の名句の中でも印象的でスケールが大きい。

この句の初案は次のようであった。

五月雨を集めて涼し最上川

これは元禄二年の「奥の細道」の旅で、出羽大石田の高野平右衛門亭で催された三十六歌仙を巻いた席での発句である。「集めて涼し」としたのは、俳諧の席での主人に対する挨拶であろう。「あつめて早し」では挨拶にならない。しかし後に独立した句とすれば、「あつめて早し」とした勢いが、すばらしい表現となる。

＊

さみだれや大河を前に家二軒　（安永6）蕪村

五月雨で水量を増した大河を詠んだ蕪村の句のユニークさは「家二軒」にある。増水で今にも流されそうな川べりに寄り添うように家が二軒ある。その心細さ、一軒でなく、二軒というところにかえって心細さが浮き出ているようにも思える。蕪村の心象風景の中では、世の荒波にもまれる母と子、あるいは江戸での師宗阿と蕪村の生活、または妻子との生活があるのかもしれない。蕪村の次の句も蕪村らしい面白さがある。

さみだれや名もなき川のおそろしき　（明和8）蕪村

自筆句帳にある句。

この川水が海に注ぐと次のようになる。

五月雨や滄海《あおうみ》を衝《つく》濁水　（安永6）蕪村

『新花摘』所収。

＊

五月雨で水かさが増したことを読んだ芭蕉の句四つを挙げてみる。

五月雨も瀬ぶみ尋ぬ見馴河《みなれがは》　（寛文10）芭蕉

『大和巡礼』所収。

見馴河は大和の名所だが、ここでは一般に見慣れた川に掛けた言葉である。ふだん見慣れた川も五月雨で水かさを増して、浅瀬を探して渡るのに苦労するとの意味である。

五月雨は滝降うづむみかさ哉　（元禄2）芭蕉

「みかさ」とは水かさのことで、五月雨が激しい勢いで降り、増える水かさで滝の形も見えないだろうの意味。奥の細道の旅で、須賀川付近の石河の滝見物を雨で断念した時の句である。「曾良・俳諧書留」と『葱摺』所収。

五月雨にかくれぬものや瀬田の橋　（貞享5）芭蕉『曠野』

五月雨に鶴の足みじかくなれり　（延宝9）芭蕉『東日記』

水かさが増したので鶴の足が短く見える。これは連句の中の一つで発句ではない。

＊

東海道の代表的な大河・大井川についても、芭蕉と蕪村の句がある。

五月雨や雲吹落す大井川　（元禄7）芭蕉

『芭蕉翁行状記』所収。

さみだれの雲吹おとせ大井川（笈日記）　さみだれの空吹おとせ大井川（有磯海）

暗雲たれこめる五月雨の空。風がこの雲を大井川に吹き落してほしいとの意味である。

さみだれの大井越たるかしこさよ　（安永6）蕪村

『新花摘』所収。

五月雨時なので急いで大井川を渡ってよかった。間一髪、今は川止めだという自賛。ここにも俳諧味がある。

Ⅱ、芭蕉と五月雨

一般的な五月雨を詠んだ芭蕉の句には、次のようなものがある。

五月雨の降のこしてや光堂　（元禄2）『おくのほそ道』

いうまでもなく「五月雨をあつめて早し最上川」ともに、『おくのほそ道』中での代表的な句である。「五月雨の降りのこす」という表現では次の句もある。

湖水はれて比叡降のこす五月雨　（貞享5）

『蕉句拾遺』にある。「海ははれてひえふりのこす五月哉」（詠草）

降音や耳もすう成《なる》梅の雨　寛文7『続山井』

「耳もすう」とは「聞きあきる」との意味で、「梅の酸うなる」に掛けている。

五月雨に御物遠《おんものどお》や月の顔　寛文7『続山井』

「御物遠」は江戸時代の手紙で使われた「疎音《そいん》」「無音《ぶいん》」の意味であり、長梅雨が続くので、月の顔にも久しくご無沙汰しているとの意味である。

五月雨や龍燈《りうとう》揚る番太郎　延宝5『江戸新道』

番太郎は江戸の自身番に付属した小使のことで、黄昏になって番太郎が掲げる燈火も、おりからの五月雨の中で、竜神に捧げる神燈のように見えるとの意味である。

五月雨に鳰《にほ》の浮巣を見に行む　貞享4　芭蕉『笈日記』

五月雨や桶の輪切る夜の声　貞享4『一字幽蘭集』

五月の雨岩ひばの緑いつ迄ぞ　延宝8『向之岡』

五月雨に巻柏《いはひば》の緑いつまでぞ（十家類題集）やんでほしい長雨と残ってほしい岩ひばの緑。

笠寺やもらぬ窟も春の雨　貞享4『千鳥掛』

尾張笠寺を詠んだこの句の異体として次の二句がある。

笠寺や窟ももらさず五月雨《さつきあめ》　かさ寺や窟にもゝらず五月雨

髪はえて容顔蒼し五月雨《さつきあめ》　貞享4『続虚栗』

日の道や葵傾くさ月あめ　元禄3『猿蓑』

葵が太陽の移り行く方向に傾く。五月雨が降る中を葵が傾いている、きっとあの方向に五月雨で隠れた太陽が通っているのであろうという意味。

五月雨や色帋《しきし》へぎたる壁の跡　元禄4『嵯峨日記』

さみだれや蠶煩ふ桑の畑　元禄5？『続猿蓑』

Ⅲ、蕪村と「さみだれ」

蕪村が五月雨を詠んだ句は『新花摘』だけで二十近くある。以下に主なものを記す。

さみだれのうつぼ柱や老が耳　明和6　自筆句帳

五月雨の更行《ふけゆく》うつほ柱かな　明和6　落日菴句集

五月雨や美豆《みづ》の寝覚の小家がち　明和6　自筆句帳

　五月雨や美豆《みづ》の小家の寝覚がち（落日菴句集）

五月雨や芋這かゝる大工小屋　明和8　落日菴句集

湖へ富士をもどすや五月雨《さつきあめ》　安永2　自筆句帳

床低き旅のやどりや五月雨《さつきあめ》　安永6　新花摘

薬園に雨ふる五月《さつき》五日《いつか》かな　安永6　新花摘
さみだれや田ごとの闇と成《なり》にけり　安永6　新花摘
うきくさも沈むばかりよ五月雨《さつきあめ》　安永6　新花摘
ちか道や水ふみわたる皐雨《さつきあめ》　安永6　新花摘
さみだれや鳥羽の小路を人の行　安永6　新花摘
さみだれに見えずなりぬる径《こみち》哉《かな》　安永6　新花摘
さみだれや水に銭ふむ渉《わた》し舟　安永6　新花摘
濁《にごり》江《え》に鵜の玉のをや五月雨《さつきあめ》　安永6　新花摘
攝《からげ》あへぬはだし詣りや皐雨《さつきあめ》　安永6　新花摘
皐雨《さみだれ》や貴布禰《きぶね》の社燈消る時　安永6　新花摘
小田原で合羽買《かう》たり皐雨《さつきあめ》　安永6　新花摘
閼伽棚《あかだな》に何の花ぞもさつきあめ　安永6　新花摘
あか汲て小舟あはれぬ五月雨　安永6　新花摘
さみだれや鵜さへ見えなき淀桂《よどかつら》　安永6　新花摘
五月雨の堀たのもしき砦かな　安永6　新花摘
さみだれや仏の花を捨に出る　安永6　蕪村句集

芭蕉は「さみだれ」も「さつき雨」も五月雨と表記している場合が多いが、蕪村は「さみだれや大河を前に家二軒」、「さみだれの大井越たるかしこさよ」などの句でもわかるように、五月雨を「さみだれ」と表記している場合も多い。「さみだれ」を梅雨と解すれば、五月に降るとは限らない。「さつき雨」と「さみだれ」を原則的に区別して「五月雨（さつき雨）」と「さみだれ」と表記するのは蕪村の繊細で、的確な神経なのかもしれない。

Ⅳ、「奥の細道」の暑き夏

元禄二年（一六八九）芭蕉と曾良の「奥の細道」の旅は春から夏、秋と続くが、同行した曾良の日記によると、猛暑に加え異常な長雨だったことがわかる。

旧暦三月末、千住を出発する時の「行春《ゆくはる》や鳥啼《なき》魚の目は泪」は晩春、九月初め大垣では「蛤のふたみにわかれ行秋《ゆくあき》ぞ」の晩秋の句で終わるが、旅の中心は夏である。その中でもとくに夏らしい句を挙げてみる。（＊印は『おくのほそ道』の本文に掲載されていない句）

あらたうと青葉若葉の日の光　　日光

暫時《しばらく》は瀧に籠るや夏《げ》の初　日光
夏山に足駄を拝む首途《かどで》哉　那須・光明寺
木啄《きつつき》も庵《いほ》はやぶらず夏木立　那須・雲巌寺
野を横に馬牽《ひき》むけよほとゝぎす　那須野
＊落くるやたかくの宿の郭公《ほととぎす》　那須高久
＊石の香《か》や夏草赤く露暑し　那須殺生石
田一枚植て立去る柳かな　遊行の柳
風流の初やおくの田植うた　須賀川
世の人の見付ぬ花や軒の栗　須賀川
早苗とる手もとや昔しのぶ摺《ずり》　福嶋
笈も太刀も五月にかざれ帋幟　飯坂
笠嶋はいづこさ月のぬかり道　笠嶋
櫻より松は二木を三月越　武隈
あやめ草足に結ん草鞋《わらぢ》の緒　仙台
＊島ゞや千々にくだけて夏の海　松嶋
夏草や兵《つはもの》どもが夢の跡　平泉

五月雨の降のこしてや光堂　平泉
蚤虱馬の尿する枕もと　堺田
涼しさを我宿にしてねまる也　尾花沢
這出よかひやが下のひきの聲　尾花沢
まゆはきを俤にして紅粉の花　尾花沢
閑さや岩にしみ入《いる》蝉の聲　山寺
五月雨をあつめて早し最上川　最上川
有難や雪をかほらす南谷　羽黒山
涼しさやほの三日月の羽黒山　羽黒山
雲の峰幾つ崩て月の山　月山
語られぬ湯殿にぬらす袂かな　湯殿山
＊めづらしや山を出羽《いでは》の初茄子《なすび》　鶴岡
あつみ山や吹浦かけて夕すゞみ　酒田
暑き日を海に入れたり最上川　酒田
象潟や雨に西施がねぶの花　象潟
汐越や鶴はぎぬれて海涼し　象潟

越後路に入ってからは「荒海や佐渡によこたふ天河《あまのがは》」の句のように季節も秋となるが、金沢から小松に向かう途中の句「あかくと日は難面《つれなく》もあきの風」のように、残暑は厳しかったと思われる。

V、牡丹と夕顔

夏の花の中から、芭蕉と蕪村の牡丹と夕顔の句を取り上げてみる。

牡丹蘂《しべ》ふかく分出る蜂の名残哉　　芭蕉　貞享2

寒からぬ露や牡丹の花の蜜　　芭蕉　元禄7？

芭蕉の同郷の知人桃隣の新宅の美しさを牡丹の華麗さにたとえたもの。新宅祝いに贈った自画への讃。牡丹の花の蜜は寒くない露のようだという意味。

方百里雨雲よせぬぼたむ哉　　蕪村　安永6　新花摘

芭蕉は数字の使い方が上手いが、蕪村も巧みである。「方百里」の力強さ。

閻王《えんわう》の口や牡丹を吐んとす　　蕪村　安永3

虹を吐てひらかんとする牡丹かな　　蕪村　安永7以後

寂《せき》として客の絶間《たえま》のぼたん哉　　蕪村　安永3

ちりて後おもかげにたつぼたん哉　蕪村　安永5
牡丹切て気のおとろひし夕かな　蕪村　安永5
短夜《みじかよ》の夜の間に咲るぼたん哉　蕪村　明和6

＊

夕皃《ゆうがほ》にみとるゝ身もうかりひよん　芭蕉　寛文7
夕顔や酔てかほ出す窗《まど》の穴　芭蕉　元禄5以前
夕顔にかんぺうむいてあそびけり　芭蕉　元禄7？

＊

ゆふがほに秋風そよぐみそぎ川　蕪村　安永2
みそぎに夏のしるしを見た藤原家隆の歌「風そよぐ楢の小川の夕暮れは御祓ぞ夏のしるしなりけり」に対して、夕顔のそよぎに近付く秋風を感じた蕪村。
ゆふがほや黄に咲たるも有《ある》べかり　蕪村　安永6
夕皃の花噛ム猫や余所《よそ》ごゝろ　蕪村　明和6
夕皃や竹焼く寺の薄煙　蕪村　安永3
ゆふがほや武士一腰《ひとこし》の裏つゞき　蕪村　明和6

＊

このほかに芭蕉と蕪村の夏を詠んだ句の主なものを以下に掲げる。

Ⅵ、ほととぎす

清く聞ン耳に香焼《たい》て郭公　芭蕉　天和3
ほと丶ぎす消行《きえゆく》方や島一ツ　芭蕉　貞享5
『笈の小文』所収。
春過てなつかぬ鳥や杜鵑《ほととぎす》　蕪村　明和3
夏が来たのになかなか鳴かないほととぎす。百人一首の「春過ぎて夏来にけらし……」の「なつき」にかけた句。
鞘走る友切丸やほと丶ぎす　蕪村　明和6
友切丸は『曽我物語』に出て来る源氏重代の宝剣。

［京の　ほととぎす］

京にても京なつかしやほと丶ぎす　芭蕉　元禄4
ほと丶ぎす平安城を筋違《すじかひ》に　蕪村　明和8
京の空を斜めに通り過ぎるホトトギス。スケールの大きな句。

Ⅶ、芭蕉の夏

夏来てもたゞひとつ葉の一葉《ひとは》哉　貞享5・元禄1

世の夏や湖水に浮ぶ波の上　貞享5・元禄1

大津の井狩昨卜邸を訪れた時の句。世間は酷暑に苦しんでいるが、ここは琵琶湖の波の上に浮かんでいて世間の夏を知らぬほど涼しい。

先《まづ》たのむ椎の木も有《あり》夏木立　元禄3

芭蕉が近江・石山の近くの幻住庵にいた時の句。『幻住庵記』にある。

命なりわづかの笠の下涼み　寛文12

此《この》あたり目に見ゆる物はみなすゞし　元禄1

團扇《うちは》もてあふがん人のうしろむき　貞享2

盤斎という人の後向きの画像に付けた句。

わが宿は蚊のちいさきを馳走かな　元禄4

ほたる見や船頭酔ておぼつかな　元禄3

一日《ひとひ》〳〵《ひとひ》麦あからみて啼《なく》雲雀　元禄4

夏の月御油《ごゆ》より出て赤坂や　延宝7以前

東海道五十三次の宿場の中で、御油と赤坂の間は一番短い。夏の夜は短かく月は出たかと思うとすぐに夜が明けてしまうのは、まるで月が御油から赤坂まで歩くようなものだ。

酔て寝むなでしこ咲る石の上　貞享4

おもしろうてやがてかなしき鵜舟《うぶね》哉　元禄1

頓《やが》て死ぬけしきは見えず蝉の聲　元禄3？

鵜も蝉もはかない命を感じさせる。

Ⅷ、蕪村の夏

（『句帳』は『蕪村句帳』、『遺稿』は『蕪村遺稿』の略）

御手討の夫婦《めをと》なりしを更衣《ころもがへ》　明和9　『句帳』

「不義はお家の法度」と武家屋敷に奉公する男女間の情事は、主人によるお手討ちの対象となった。ところがお手討ちにならず、お家を放逐されただけで、無事夫婦となって衣替えの季節を迎えたことを詠んだもの。蕪村らしい人情の機微を軽妙に描いた句だが、お手討ちなどという物騒な事がほとんど行われなかった江戸時代の現実を描いた句ともいえる。

更衣うしと見し世をわすれ顔　明和年間『遺稿』

「もう死にたい」と言っていた女性が、衣替えの季節には、その言葉を忘れたかのように衣替えに熱中しているさまを描いたもの。

端居《はしゐ》して妻子を避る暑かな　安永6『句帳』

端居とは縁側に座ること。妻子を愛した蕪村だが、時に煩わしくなることもあっただろう。

動く葉もなくておそろし夏木立　明和6『遺稿』

風がない。何も動かない。暑さとともに、不気味さも感じられる。

日帰りの兀山越《はげやまこゆ》るあつさ哉　明和6『句帳』

はげ山だから木陰もない。急ぐ日帰りの道、はげ山の峠を越える時、汗がどっと吹き出てくる。なんの変哲もないようで、趣きのある句。

蚊屋《かや》の内にほたる放してア、楽や　明和6『句帳』

蚊帳も蛍もない時には味わえない風情。

あら涼し裾吹《ふく》蚊屋も根なし草　明和8『句帳』

蚊屋つりて翠微《すいび》つくらむ家の内　安永4『句帳』

翠微《すいび》とは、山裾または山の青さをいう。比叡山に病気で行けなかった時の句。残念な気持ちも少し。

釣しのぶ幮《かや》にさはらぬ住居《すまひ》かな　安永4『句帳』

一日《いちにち》のけふもかやりのけぶりかな　同『遺稿』

以上の二句は、ともに「あらたに居を卜したるに」の詞書きがある。

半日《はんじつ》の閑を榎やせみの聲　明和3『句帳』

蟬が榎にとまって半日の閑を得たかのように鳴いている。それを聞いている私も半日の閑を得た。半日の閑は、李渉の「又得ル浮生半日ノ閑」（三体唐詩）などがある。

絵団《ゑうちは》のそれも清十郎にお夏かな　明和年間『句帳』

お夏、清十郎は、西鶴の『好色五人女』に取り上げられた悲恋の主人公。

手すさびの団《うちは》　画《ゑが》かん草の汁　明和5『句帳』

草の汁は、淡彩の時に絵具代わりに使う。

居《すわ》りたる舟に寝てゐる暑さかな　明和6『句帳』

居りたる舟とは、浅瀬に乗り上げた舟。

鮓《すし》桶をこれへと樹下に床几《しやうぎ》哉　明和8『句帳』

木の下の床机（陣中などで用いる折畳み椅子）に腰掛け、鮨桶を運ばせる武者、あるいは武者気取りの主《あるじ》の面白さ。

暑き日の刀にかゆる扇かな　明和8『句帳』

探題「寄扇武者」の句。

裸身に神うつりませ夏神楽

安永6　『句帳』

川遊びをしていた少年たちも、夏神楽に神妙に居並んでいる。夏神楽とは川辺に河社（かわやしろ）と呼ぶ祭場をつくり、川の瀬に榊を立てて河社の神歌をうたう神事。夏の風物。

夕風や水青鷺の脛《はぎ》をうつ

安永3　『句帳』

夕方の風が吹く水辺に立っている青鷺、その足を小波が洗っている。

十九、名月と天の川

―秋来ぬ…秋深し…秋の暮―

秋の季節を代表する名月を始め七夕、野分をテーマとした句は芭蕉、蕪村ともに多い。

Ⅰ、秋来ぬ

秋来にけり耳をたづねて枕の風　　芭蕉　延宝5

『江戸広小路』所収。『芭蕉翁句解参考』は下五を「透間風」とする。

秋来ぬと合点させたる嚔《くさめ》かな　　蕪村　明和5

『古今集』藤原敏行の歌「秋来ぬと目にはさやかに見えねども風の音のぞ驚かれぬる」をモチーフとしたもの。『蕪村句集』所収。

はつ秋や海も青田の一みどり　　芭蕉　元禄1

「鳴海眺望」と題して『千鳥掛』所収。

秋立や素湯香しき施薬院《せやくいん》　　蕪村　安永7

施薬院は中世の施療所。素湯（さゆ）の清々しさが施薬院とマッチしている。『蕪村句集』所収。

Ⅱ、七夕

七夕のあはぬこゝろや雨中天《うちゅうてん》　芭蕉　寛文6以前

『続山井』所収。一年に一度、七夕で逢う牽牛と織女は有《う》頂天《ちょうてん》だが、雨が降ってしまっては逢うこともできず悲しい雨中天だとしゃれたもの。

七夕や秋をさだむるはじめの夜　芭蕉　元禄7？

『有磯海』所収。『笈日記』には「たなばたや秋をさだむる夜のはじめ」とある。七夕になって秋もようやく秋らしくなる。

梶の葉を朗詠集のしほり哉　蕪村　明和7

朗詠集は『和漢朗詠集』のこと。梶の葉は七夕に和歌を書いて星に捧げるのに使う。

水學《すゐがく》も乗物かさんあまの川　芭蕉　延宝6

水學とは、長崎から来た技術を使って舟に特殊な加工をしたり、「水からくり」に長じた人のことをいう。『俳諧江戸広小路』所収。

Ⅲ、野分、秋風

吹飛す石はあさまの野分哉　　芭蕉　元禄元？

活火山の浅間山は軽石が多い。これと野分を結び付けた機知と旅情の句。『更科紀行』所収。

物いへば唇寒し秋の風　　芭蕉　元禄4？

人生体験としてあまりにも有名な句。『芭蕉庵小文庫』所収。

岡の家の海より明て野分哉　　蕪村　安永7〜天明3

海の方向から日が昇り、前夜の丘の上の家に吹き荒れた台風がうそのようだ。『夜半亭発句集』『落日庵句集』所収。

鳥羽殿へ五六騎いそぐ野分哉　　蕪村　明和5

鳥羽殿は白河、鳥羽両院の離宮。蕪村らしい武者絵の世界。『蕪村句集』『夜半亭発句集』『落日庵句集』所収。

Ⅳ、名　月

實《げ》にや月間口千金の通り町　　芭蕉　延宝6

「間口千金」といわれた江戸日本橋の繁栄を詠んだ。『江戸通り町』所収。

月影や四門四宗も只一ツ　　芭蕉　元禄元

善光寺と題し『更科紀行』に収録。善光寺を表す「四門四宗」が利いている。

名月や池をめぐりて夜もすがら　　芭蕉　貞享3

『孤松』所収。隅田川で其角らと隅田川で舟遊びをしたあと、芭蕉庵での月見の会での句。

名月や夜は人住まぬ峰の茶屋　　蕪村　安永5

各地の山には峰の茶屋といった名の茶屋がある。那須の茶臼岳に登る途中にある峰の茶屋も昼間は賑わっているが、夜は客ももちろん、店の人も麓に下って行く。名月だけが茶屋を照らしている。

中〱にひとりあればぞ月を友　　蕪村　安永5

以上の二句は『蕪村句集』所収。

V、菊、紅葉

菊の香や奈良には古き佛達　　芭蕉　元禄7

『笈日記』所収。

きくの露受て硯のいのち哉　蕪村　明和6

「山家の菊見にまかりけるに、あるじの翁、紙硯をとうで、ほ句もとめければ」と題して、『蕪村句集』『明和六句稿』に所収。

蔦の葉はむかしめきたる紅葉哉　芭蕉　元禄2

『葱摺』所収。蔦の紅葉はどこかに古色を思わす渋味をたたえている。

よらで過る藤沢寺のもみじ哉　蕪村　天明2

藤沢寺は藤沢にある時宗本山遊行寺。『蕪村句集』『夜半叟』『蕪村自筆句帳』所収。

Ⅵ、ユーモラスな秋

俳諧とは本来、滑稽とかユーモアの意味だが、芭蕉にも蕪村にもユーモラスな句は多い。

寝たる萩や容顔《ヨウガン》無禮花の顔　芭蕉　寛文7

『続山井』所収。

座頭かと人に見られて月見哉　芭蕉　貞享3

花見で座頭と間違えられた、みすぼらしい剃髪姿を自嘲した。『こがらし』所収。

猿どの丶夜寒訪ゆく兎かな　蕪村　宝暦1

友を訪ねる自分の姿を戯画化した。「鳥獣戯画」を思わせる世界。

貧乏に追ひつかれけりけさの秋　蕪村　明和8

弁慶賛（自筆の弁慶図に付けた賛）

花すゝきひと夜はなびけ武蔵坊　蕪村　明和年間

京の夜、弁慶に似た荒法師が言い寄る辻君をすげなく振り切って立去る様子を見て詠んだ。

Ⅶ、秋深し、秋の暮

秋深き隣は何をする人ぞ　芭蕉　元禄7

『笈日記』所収。『六行会』は「秋ふかし隣は何をする人ぞ」とする。

此道や行人なしに秋の暮　芭蕉　元禄7

有名な句。『三冊子』によると、「人聲や此道かへる秋のくれ」と二案あったが、「此道や…」の句に決定したという。『其便』所収。「人聲や…」は『笈日記』に所収。

門を出れば我も行人秋のくれ　蕪村　安永3

芭蕉の「此道や…」の句に対応して「我も行人」とした。『蕪村句集』『新五子稿』所収。

淋し身に杖わすれたり秋の暮　蕪村　天明2

老いた身に大事な杖をどこかに置き忘れた。人生も秋の暮れか。
『蕪村句集』『夜半叟』『蕪村自筆句帳』『新五子稿』所収。

Ⅷ、『おくのほそ道』の秋

『おくの細道』には、次のような芭蕉の秋の句が十九句収録されている。

文月や六日も常の夜には似ず　出雲崎
荒海や佐渡によこたふ天河　出雲崎
一家に遊女もねたり萩と月　市振
わせの香や分入《わけいる》右は有磯海《ありそうみ》　那古
塚も動け我泣聲は秋の風　金沢
秋涼し手毎にむけや瓜茄子　金沢
あか〱と日は難面《つれなく》もあきの風　金沢
しほらしき名や小松吹萩すゝき　小松
むざんやな甲の下のきり〴〵す　小松

石山の石より白し秋の風　那谷

山中や菊はたおらぬ湯の匂　山中

今日よりや書付消さん笠の露　山中（同行曾良との別れ）

庭掃て出ばや寺に散《ちる》柳　大聖寺

物書て扇引さく餘波《なごり》哉　丸岡

月清し遊行のもてる砂の上　敦賀

名月や北国日和定《さだめ》なき　敦賀

寂しさや須磨にかちたる濱の秋　種の浜

浪の間や小貝にまじる萩の塵　種の浜

蛤のふたみにわかれ行《ゆく》秋ぞ　大垣

二十、時雨、雪、歳末

―「芭蕉去りて…」―

芭蕉と蕪村の冬の句を比較し、味わってみる。

I、時雨と木枯、枯野

旅に病て夢は枯野をかけ廻る　芭蕉　元禄7　枯尾花

狂句こがらしの身は竹齋に似たる哉　芭蕉　貞享1　冬の日

芭蕉と名古屋の連衆による連歌を集めた『冬の日』の冒頭の句。

初しぐれ猿も小蓑をほしげ也　芭蕉　元禄2　猿蓑

『誹諧七部集』の一つ『猿蓑』の冒頭句。

初しぐれ眉に烏帽子の雫哉　蕪村　蕪村句帳

うづみ火や終には煮る鍋のもの　　蕪村　　蕪村句帳
蕭条として石に日の入枯野かな　　蕪村　　蕪村句帳
こがらしや何に世わたる家五軒　　蕪村　　蕪村句帳

Ⅱ、初雪、雪見

初雪や幸ヒ菴《あ》ンに罷有ル　　芭蕉　貞享3
初雪や水仙の葉のたはむまで　　芭蕉　貞享4
はつ雪やかけかゝりたる橋の上　　芭蕉　元禄5
初雪や消ればぞ又草の露　　蕪村　　蕪村句帳
初雪の底を叩ば竹の月　　蕪村　　蕪村句帳

少しばかりの初雪が降りやむと、竹林に月光が輝く。

いざ行む雪見にころぶ所まで　　芭蕉　貞享4『笈の小文』

貞享四年（一六八七）の作。『花摘』には「いざさらば雪見にころぶ所まで」とあるが、これは初案の「いざ行む雪見にころぶ所まで」が優れていて達意である。

いざ雪見容《カタチヅクリ》す蓑と笠　　蕪村　安永2　蕪村句集

Ⅲ、芭蕉の歳末

江戸時代の歳末

芭蕉の時代、蕪村の時代の歳末、すなわち江戸時代の歳末は、今日よりも一年の締めくくりとしての、また新年を迎える準備としての行事が多かった。

「節季候や口をとじたる渡し舟」と寶井其角の句にあるような節季候《せきぞろ》、「煤掃や山風うけて吹通し」の内藤丈草の句にある煤掃《すすはき》や、年の市、歳暮、蕎麦のほか、年忘れ、年の暮れを詠んだ句も多い。

まず芭蕉の歳末の句を挙げる。

十二月九日　一井亭

たび寝よし宿は師走の夕月夜　貞享4　熱田三歌仙

何に此師走の市にゆくからす　元禄2　華摘

かくれけり師走の海のかいつぶり　元禄3　新花鳥

中ゝに心おかしき臘月夜　元禄5　馬指堂宛消息

廿九日立春ナレハ
春やこし年や行けん小晦日《こつごもり》　延寶2　千宜理記
成《なり》にけり成《なり》にけりまでとしのくれ　延寶5　六百番発句合
わすれ草菜飯に摘《つま》んとしのくれ　延寶7　江戸蛇のす
年暮ぬ笠着て草鞋《わらじ》はきながら　貞享1　甲子吟行
人に家をかはせて我は年忘　元禄3　猿蓑

Ⅳ、蕪村の歳末

炭売に日のくれかゝる師走哉　明和年間　蕪村遺稿
としひとつ積るや雪の小町寺　安永2　蕪村句集

小町寺とは京都の市原野にある如意山普陀落寺のこと。小野小町の墓と伝えるものがある。「面影の変はらで年の積もれかし　たとひ命は限りありとも」という小野小町の歌をふまえている。

ゆく年の瀬田を廻るや金飛脚《かねびきゃく》
とし守《もる》夜老《おい》はたうとく見られたり　安永4　蕪村句集

行年の女歌舞伎や夜のむめ　　安永5　蕪村遺稿

題　沓《くつ》

石公《せきこう》へ五百目《もく》もどすとしのくれ　　明和年間　蕪村句集

石公は黄石公のこと。わざと左の沓を落として張良に拾わせ人物を試して兵法を伝えた。五百目は銀一貫目の半分。年末の借金返済を石公の片沓《くつ》にあやかって半分ですまそう、というユーモア。

とし守や乾鮭《からさけ》の太刀鱈の棒　　明和7　蕪村句集

乾鮭の太刀＝僧増賀が師慈恵の僧正昇進の祝いの行列に乾鮭の太刀を佩き牛に乗って先駆した故事をいう。

いざや寝ん元日は又翌《あす》の事　　安永1　蕪村遺稿

V、蕪村『歳末ノ弁』

『歳末ノ弁』は蕪村の最晩年の作とみられる文章で、俳諧の本質に触れるとともに芭蕉を慕う心を語っている。

＊

名利の街にはしり貪欲《どんよく》の海におぼれて、かぎりある身をくるしむ。わきてくれゆくとしの夜のありさまなどは、いふべくもあらずいとうたてきに、人の門たゝきありきて、ことぐしくのゝしり、あしをそらにしてのゝしりもてゆくなど、あさましきわざなれ。さとて、おろかなる身は、いかにして塵区《じんく》をのがれん。
「としくれぬ笠着てわらじはきながら」。片隅によりて此の句を沈吟し侍れば、心もすみわたりて、かゝる身にしあればいと尊く、我がための摩訶止観《まかしかん》ともいふべし。蕉翁去りて蕉翁なし。とし又去るや、又来るや。

芭蕉去てそのゝちいまだ年くれず

［解釈］　名誉や利益を追い求める街を走り回り、欲の海におぼれて限りある身を苦しんで来た。とくに暮れ行く年の夜（大晦日）のありさまなどは言うまでもないほどひどいありさまで、たいそう、いやなものであり、人の門を叩いて歩いて仰々しく罵り足も地につかない状態で罵りながら行くなど、あさましいしわざである。とはいっても愚かな我が身はどのようにすれば、この塵区《じんく》（塵の世、人間界）を逃れられるのだろうか。
「としくれぬ笠着てわらじはきながら」。片隅によりかかって、芭蕉翁のこの句を沈吟（静かに唱える）すると、心も澄みわたって、このような脱俗の身であるなら、たいそう尊く思

われ、我がための摩訶止観《まかしかん》といってもよい。蕉翁去って蕉翁なし。年、また去るや、また来るや。私などに芭蕉翁のような気持ちで年を送り迎えすることができようか。

芭蕉去てそのゝちいまだ年くれず

（芭蕉翁が去られてからは、私自身を含めて正しい伝統を十分に伝えていない。そのようなことでは俳諧の新しい年は訪れないであろう）

［注］としくれぬ笠着てわらじはきながら＝芭蕉『甲子吟行』の中にある貞享元年の句。「爰《ここ》に草鞋をとき、かしこに杖を捨て、旅寝ながらに年の暮れければ」との詞書がある。

摩訶止観《まかしかん》＝中国天台宗の根本経典である法華経の註釈書『法華玄義』『法華文句』とともに法華三大部を成すのが『摩訶止観』である。随の天台智者大師智顗《ちぎ》（五三八～五九七）の言葉を章安が筆録したもの。伝教大師最澄によって日本にもたらされた。摩訶は大、多、勝の意味。止観は妄念を抑え心を平静にして、それによって智慧を生じ対象を正しく判別するという意味。悟りに到る修行の根本とされる。

第五部　二十一世紀の視点から

芭蕉と蕪村の数ある句の中から未来に生きる名句を選んで、二十一世紀の今日にも通じる二人の心を改めて味わって、結びとしたい。

二十一、未来に生きる名句

―旅人と農民―

I、ぬきんでた「俳聖二人」への評価

松尾芭蕉と与謝蕪村は、ともに俳聖と呼ばれる。二人がなぜ俳聖なのか。その優れた句がそう呼ぶにふさわしいものであることによるが、その句に対する評価もみておきたい。一例を挙げれば『俳句辞典（鑑賞編）』（松尾靖秋ほか編、昭和56年・桜楓社刊）では室町時代末期の山崎宗鑑から小林一茶までの三二人、明治以降の正岡子規からの一一八人計一五〇人の句を紹介しているが、この中で句数の多いのは

芭蕉　七〇句、　蕪村　四〇句、　一茶　二六句

の順で、以下一〇句以上はなく、江戸時代では其角、嵐雪の二人、明治以降では子規、高浜虚子、水原秋桜子、石田波郷、西東三鬼ら二〇人がそれぞれ八句ずつであるのが最高である。これをみても芭蕉と蕪村が卓越した評価を受けていることがわかる。

この芭蕉と蕪村の優れた句の中から、未来に生きる名句を選んでみた。

ただ本書の中で、特に詳しく解説したもの、たとえば四季の項で述べた五月雨の句、芭蕉の「五月雨をあつめて早し最上川」、蕪村の「五月雨や大河を前に家二軒」、名月の句、芭蕉の「名月や池をめぐりて夜もすがら」、蕪村の「中〳〵にひとりあればぞ月を友」などは割愛した。

Ⅱ、芭蕉と蕪村の句から　―心象風景―

芭蕉と蕪村の句のいくつかを対比しながら、改めて二人の句を味わってみよう。

―心象風景―

古池や蛙飛こむ水の音　　芭蕉　季節春

貞享三年（一六八六）の作。『春の日』所収。

かれ朶《えだ》に烏のとまりけり秋の暮　　芭蕉　季節秋

延宝八年（一六八〇）作「枯枝に烏のとまりたるや秋の暮」が初案。元禄二年の『曠野』で「とまりけり」と改めた。

よく見れば薺《なづな》花さく垣ねかな　芭蕉　季節春

貞享四年（一六八七）の作。垣根に咲く目立たぬ花にやすらぎを感じる。『続虚栗』所収。

牡丹散て打かさなりぬ二三片　蕪村　季節夏

明和六年（一七六九）の作。『蕪村句集』所収。散った牡丹の花の量感が伝わってくる。

菜の花や月は東に日は西に　蕪村　季節春

安永三年（一七七四）の作。実感の句だが、それを超えた大きな心象風景を展開している。

―太平の世と心―

花の雲鐘は上野か浅草歟《か》　芭蕉　季節春

貞享四年（一六八七）の作。『続虚栗』所収。大江戸の繁栄を謳う。

駿河路や花橘も茶の匂ひ　芭蕉　季節夏

元禄七年（一六九四）、芭蕉最晩年の作だが、語調の響きが瑞々しい。

三井寺や日は午にせまる若楓　蕪村　季節夏

安永五年（一七七六）の作。『蕪村句集』所収。平和な中の新鮮な感覚。

—蝉の声—

閑《しづか》さや岩にしみ入《いる》蝉の聲　　芭蕉　季節夏

『おくのほそ道』出羽山寺で。岩山の立石寺にふさわしい句。

南蛮に雲のたつ日やせみの声　　蕪村　季節夏

南蛮の空に入道雲がそそり立ち、地には蝉の声が満ちている。蕪村らしい異国への幻想。

—若葉と落葉—

『蕪村句集』からの絶唱を挙げてみる。

不二ひとつうづみ残して若葉かな　　蕪村　季節春

明和六年（一七六九）の作。

絶頂の城たのもしき若葉かな　　蕪村　季節夏

安永二年（一七七三）の作。

朝がほや一輪深き淵のいろ　　蕪村　季節秋

明和五年（一七六八）の作。「潤水湛如藍＝潤水（谷川の水）、湛えて藍の如し」の題が付いている。『碧巌集』にある言葉である。朝顔の一輪に潤水の藍を見る。

待人の足音遠き落葉哉　　蕪村　季節冬

安永六年（一七七七）の作。

――梅に鶯、旅寝の花――

さとのこよ梅おりのこせうしのむち　芭蕉

梅遠近《をちこち》　南《みんなみ》すべく　北すべく　蕪村

むめが香に追もどさるゝ寒さかな　芭蕉

二もとの梅に遅速を愛すかな　蕪村

早春の寒さ、温かさを梅を通して感じる芭蕉と蕪村の目。芭蕉の「さとのこよ…」の句は里梅と題した貞享四年の作である。「むめが香に…」の句は、その翌年の作だが、異常寒波の冬などでは、寒さを追いはらいたくなる共感を覚える。

蕪村の「梅遠近…」の句は『淮南子』説林の「揚子見逵路《キロ》　而哭之　為其可以南可以北」に、また「二もとの梅に遅速を…」の句は『和漢朗詠集』の早春の「東岸西岸之柳　遅速不同　南枝北枝之梅　開落已異」にテーマをとり、蕪村の和漢の教養が巧みに生かされている。

うぐいすの笠おとしたる椿かな　芭蕉

鶯や笠縫《かさぬい》の里の里はづれ　蕪村

これは古今集の「鶯の笠」に題をとったもので、芭蕉は鶯につきものの梅を椿とした上で、笠を「おとしたる」としたところに芭蕉の俳諧性がある。これに対して蕪村は、笠を大和の笠縫の里に結びつけている。二人にとって古今集は読み込まれた古典であった。

あをやぎをかたいとによりて鶯のぬふてふかさは梅の花がさ　（古今集巻二十）

鶯の笠にぬふてふ梅花折てかざゝむおい（老）かくるやと　（古今集　巻一）

Ⅲ、山、空、海

—山の情景—

春なれや名もなき山の薄霞　芭蕉　季節春

貞享二年（一六八五）の作。『野ざらし紀行』奈良へ行く途中の吟。

山路来て何やらゆかしすみれ草　芭蕉　季節春

貞享二年の作。『野ざらし紀行』、「大津に出る道、山路をこえて」の前書がある。

山は暮て野は黄昏《たそがれ》の薄哉　蕪村　季節秋

安永二年（一七七三）の作。『蕪村句集』

山に添ふて小舟漕ゆく若ば哉　蕪村　季節夏

安永八年（一七七九）の作。『蕪村句集』

――海の情景――

荒海や佐渡によこたふ天河　芭蕉　季節秋

『おくのほそ道』越後路から佐渡を眺めた句。

春の海終日《ひねもす》のたり〳〵哉　蕪村　季節春

――空を仰いで――

雲雀《ひばり》より空にやすらふ峠かな　芭蕉　季節春

ひばりより高い峠で休んでいることを実感させる句。『笈の小文』にある貞享五年＝元禄元年（一六八八）の作。

几巾《いかのぼり》きのふの空のありどころ　蕪村　季節春

昨日、凧が上がっていた空の位置にきょうも凧が一つ上がっている。『蕪村句集』所収。明和六年（一七八九）の作。

しばらくは花の上なる月夜かな　蕪村　季節春

夜空の月が桜の花の上でしばらく静止している。貞享五年の作。

月天心貧しき街を通りけり　蕪村　季節秋

『古文真宝前集』巻の一、邵康節の清夜吟にある「月、天心ニ到ル処」による。

通説は「街を通る」のを作者（蕪村）と解しているようだが、そうであろうか。私は「街を通る」のは天心にある月であると思う。「月はこの貧しい街も、分け隔てなく、こうこうと照らしながら通り過ぎていく。」月を主語とした方がすっきりとするだけでなく、質的に数段高まる。初案は「名月や貧しき街を通りけり」でも通り過ぎるのは月と解せるが、「月天心」と改めたことによって通り過ぎるのが、月であることが一層はっきりとする。夜空に月を見れば、早い速度で雲間を横切っていく、その時にこの句が実感される。

明和五年、『蕪村句集』にある句。

Ⅳ、恋と女性

―　恋　―

紅梅や見ぬ戀つくる玉すだれ　　芭蕉　季節春

元禄二年の作。次の鸚鵡小町の伝説の歌を踏まえたもの。

「雲の上はありし昔にかはらねど見し玉だれのうちぞゆかしき」

芭蕉の恋の句は俳諧連歌の中では恋の定座の関係もあり優れたものが多いが発句では稀れ。

目にうれし恋君の扇真白なる　蕪村　季節夏

安永三年（一七七四）の作。『蕪村遺稿』所収。

―女　性―

うすぎぬに君が朧《おぼろ》や峨眉《がび》の月　蕪村　季節春

「春夜小集、探題ニ峨眉山月ノ歌ヲ得タリ」と題して、次の李白の詩を題材に、薄絹をまとった美人を描いたものである。

峨眉山月半輪秋　峨眉山の月　半輪の秋
影入平羌江水流　影は平羌江水《へいきょうこうすい》に入て流る
夜発清渓向三峡　夜、清渓を発して三峡に向かう
思君不見下渝州　君を思へども見《まみ》えず渝州に下る

『明和辛卯春』所収。

まゆはきを俤《おもかげ》にして紅粉《べに》の花　芭蕉　季節夏

『万葉集』巻三に女流歌人笠女郎《かさのいらつめ》の次の歌がある。

笠女郎、大伴宿禰家持に贈る歌三首　（その中の二番目、万葉集三九六）

陸奥《みちのく》の真野《まの》の草原《かやはら》遠けども面影にして見ゆといふものを

芭蕉の句はこの笠女郎の歌を、紅花と結び付けたものと思われる。元禄二年の作、『おくのほそ道』所収。

Ⅴ、政治への心

名月の出《いづ》るや五十一ケ条　　芭蕉　季節秋

鎌倉時代、執権北条貞時が公布した「貞永式目《じょうえいしきもく》」（御成敗式目）五十一ケ条が示した法の精神。仁愛を先とし、欲を去る政治をたたえた。元禄元年の作。『庭竈集』所収。

雨乞に曇る国司のなみだ哉　　芭蕉　季節秋

雨乞いに農民とともに祈り、涙する国司の姿。蕪村はそこにあるべき為政者の姿をみる。『蕪村句集』所収。

Ⅵ、明日へ生きる

旅人と我名呼ばれん初しぐれ　　芭蕉　季節冬

貞享四年（一六八七）の作。『笈の小文』所収。「永遠の旅人」といわれる芭蕉にふさわしい句。

百姓の生キてはたらく暑かな　　蕪村　季節夏

明和八年（一七七一）以前の書簡にある句。炎熱の中で働く農民たちの姿を力強く表現した。農は国の本という。減反政策などで農業は軽んじられているが、働く者の代表は何時の時代にあっても百姓である。

百姓のことを今は農民という。厳密にいえば、百姓と農民の意義は違うが、今「百姓」といえば「侮蔑語」ととらえられかねない。しかし、そのような誤解を顧みずにいえば、百姓という言葉が力強い。「生キて」の片仮名の「キ」もまた効果的である。

いざ子ども走ありかむ玉霰《あられ》　　芭蕉　季節冬

元禄二年（一六八九）霜月の歌仙。小林一茶にも「雪解けて村いっぱいの子供かな」の句があるが、子供たちの歓声が時代を超えて伝わってくる。

みどり子の頭巾眉深《まぶか》きいとをしみ　　蕪村　季節冬

明和年間（一七六四〜六九）の作。蕪村は晩年に至って子を得た。それだけに幼な子に対する愛情はひとしおであったろう。しかし、この句は蕪村個人の親の気持ちの表現というより人類普遍の親の愛情を高い純度で示していてあますところがない。

あとがき

芭蕉と蕪村、この二人の俳人の名が目に触れない日はないといってよい。三百年、あるいは二百年前の二人の作品が、二十一世紀の今日、なぜ、命を、しかも新鮮な命を持ち続けているのか、二人の人生自体に驚異を感じるが、この今日的現象もまた大きな驚異といってよいと思う。芭蕉と蕪村。その作品の数々と、それぞれの人生の生き方を見ると、興趣は尽きない。この書がどこまで、その謎と不思議さに迫り得たか。さらに考究を続けたい。

考えれば、このユニークな二人の俳人を持ち得た事は、日本の幸せであった。日本人があらゆる意味で、かつての情操をよみがえらせ、自信を取り戻すよすがの一助に本書がなれば、幸せである。

研究を進めるに当たっては、国文学の岩田九郎先生、日本史の児玉幸多先生、ＨＡＩＫＵ研究にも造詣の深かったＲ・Ｈ・ブライス先生の学恩に感謝したい。

本書の出版には、南雲堂の南雲一範社長、編集の青木泰祐氏を始めスタッフの方々に多大のお世話になった。ここに心からの感謝の意を表したい。

平成十六年六月二十一日（旧暦五月四日・あやめふく日に）　中名生正昭

芭蕉と蕪村　対照年表

満年齢	芭蕉 西暦	（年号）	事項	蕪村 西暦	（年号）	事項
九歳	一六五三	（承応2）	このころ藤堂良忠の許へ出仕			
一八歳	一六六二	（寛文2）	「春やこし…」の句			
一九歳	一六六三	（寛文3）		一七三五	（享保20）	この前後、江戸へ
二〇歳	一六六四	（寛文4）	『小夜中山集』に二句入集	一七三六	（元文1）	
二一歳	一六六五	（寛文5）	貞徳13回忌追善百韻に一座	一七三七	（元文2）	巴人の弟子となる
二二歳	一六六六	（寛文6）	蝉吟（藤堂良忠）没	一七三八	（元文3）	夜半亭歳旦帖入集
二三歳	一六六七	（寛文7）	『続山井』入集	一七三九	（元文4）	其角嵐雪33回忌
二四歳	一六六八	（寛文8）		一七四〇	（元文5）	
二五歳	一六六九	（寛文9）	『如意宝珠』に入集	一七四一	（寛保1）	夜半亭歳旦帖入集
二六歳	一六七〇	（寛文10）	『大和巡礼』に入集	一七四二	（寛保2）	巴人没。結城へ
二七歳	一六七一	（寛文11）	『藪香物』に入集	一七四三	（寛保3）	巴人追悼集入集
二八歳	一六七二	（寛文12）	『貝おほひ』奉納。江戸へ	一七四四	（延享1）	歳旦帖で蕪村と称する
二九歳	一六七三	（延宝1）		一七四五	（延享2）	『北寿老仙をいたむ』
三〇歳	一六七四	（延宝2）	『後撰犬筑波集』に入集	一七四六	（延享3）	画作。江戸芝に住む
三一歳	一六七五	（延宝3）	西山宗因を迎えた百韻に一座	一七四七	（延享4）	
三二歳	一六七六	（延宝4）	帰郷、桃印を伴い江戸に帰る	一七四八	（寛延1）	
三三歳	一六七七	（延宝5）	水道関係の仕事に携わる	一七四九	（寛延2）	
三四歳	一六七八	（延宝6）	歳旦帖を上梓？	一七五〇	（寛延3）	
三五歳	一六七九	（延宝7）	宗匠披露の万句興行か	一七五一	（宝暦1）	京の宗屋を訪れ歌仙
三六歳	一六八〇	（延宝8）	『桃青門弟歌仙』。深川移転	一七五二	（宝暦2）	貞徳百回忌俳諧出座
三七歳	一六八一	（延宝9）	『俳諧次韻』刊	一七五三	（宝暦3）	
三八歳	一六八二	（天和2）	芭蕉の号用いる。芭蕉庵焼く	一七五四	（宝暦4）	宮津に三年滞在、画作
三九歳	一六八三	（天和3）	甲府から江戸帰還。新芭蕉庵	一七五五	（宝暦5）	宮津で雲裡を迎え歌仙
四〇歳	一六八四	（貞享1）	『野ざらし紀行』の旅	一七五六	（宝暦6）	

年齢	芭蕉	蕪村
四一歳	一六八五（貞享2）木曽路を経て江戸へ帰る	一七五七（宝暦7）鷺十に橋立図賛。帰洛
四二歳	一六八六（貞享3）「古池や…」の句	一七五八（宝暦8）巴人17回忌追善俳諧
四三歳	一六八七（貞享4）「鹿島詣」「笈の小文」の旅	一七五九（宝暦9）このころから大屏風絵
四四歳	一六八八（元禄1）「笈の小文」と「更科紀行」	一七六〇（宝暦10）このころ結婚？
四五歳	一六八九（元禄2）三〜九月「奥の細道」の旅	一七六一（宝暦11）雲裡坊追善俳諧
四六歳	一六九〇（元禄3）湖南・幻住庵、義仲寺の庵に	一七六二（宝暦12）
四七歳	一六九一（元禄4）嵯峨落柿舎に。10月江戸帰着	一七六三（宝暦13）『俳諧古選』四句入集
四八歳	一六九二（元禄5）新芭蕉庵落成	一七六四（明和1）
四九歳	一六九三（元禄6）7〜8月・草庵を一時閉じる	一七六五（明和2）
五〇歳	**一六九四**（元禄7）10月12日旅先の大坂で没	一七六六（明和3）三果社句会。讃岐へ
五一歳		一七六七（明和4）宗屋一周忌後讃岐へ
五二歳		一七六八（明和5）帰洛。三果社句会再開
五三歳	芭蕉の五句	一七六九（明和6）江戸泰里迎え俳諧興行
五四歳	春やこし年や行けん小晦日《こつごもり》（18歳）	一七七〇（明和7）夜半亭継承。几董入門
五五歳	年は人にとらせていつも若夷（22歳）	一七七一（明和8）「十便図」揮毫
五六歳	枯枝に烏のとまりたるや秋の暮（36歳）	一七七二（安永1）『太祇句選』跋
五七歳	荒海や佐渡に横たふ天河（45歳）	一七七三（安永2）『此ほとり』歌仙
五八歳	旅に病で夢は枯野をかけ廻る（絶吟）	一七七四（安永3）芭蕉翁追善俳諧興行
五九歳		一七七五（安永4）「歳旦帖」刊
六〇歳		一七七六（安永5）写経社会。娘くの結婚
六一歳	蕪村の五句	一七七七（安永6）『新花摘』。娘離婚
六二歳	尼寺や十夜にとゞくさねかづら（21歳）	一七七八（安永7）奥の細道図
六三歳	時鳥　絵に啼け東四郎次郎（36歳）	一七七九（安永8）連句修行の檀林会結成
六四歳	春の海終日のたり〳〵かな（46歳？）	一七八〇（安永9）几董と歌仙
六五歳	なの花や月は東に日は西に（58歳）	一七八一（天明1）金福寺に芭蕉庵再興
六六歳	しら梅に明る夜ばかりとなりにけり（絶吟）	一七八二（天明2）初めて吉野へ花見
六七歳		**一七八三**（天明3）12月25日、京で没

発句索引

［芭蕉の部］

す

水學も乗物かさんあまの川　二四一
涼しさを我宿にしてねまる也　二三一
涼しさやほの三日月の羽黒山　二三一
駿河路や花橘も茶の匂ひ　二五八

た

田一枚植て立去る柳かな　二三〇
大裏雛人形天皇の御宇とかや　二〇九
誰が聟ぞ歯朶に餅おふうしの年　二一一
旅がらす古巣はむめに成にけり　二一一
旅に病で夢は枯野をかけ廻る　一〇七、二四八
七夕のあはぬこゝろや雨中天　二四一
七夕や秋をさだむるはじめの夜　二四一
種芋や花のさかりに賣ありく　二一一
旅人と我名呼ばれん初しぐれ　五八、二六五
たび寝よし宿は師走の夕月夜　二五〇

ち

父母のしきりに戀し雉子の声　一三
ちゝはゝのしきりにこひし雉子の聲　一〇四

つ

塚も動け我泣聲は秋の風　二四六
月影や四門四宗も只一ツ　二四三
月清し遊行のもてる砂の上　二四七
月はやしこずゑはあめを持ながら　五八

蔦の葉はむかしめきたる紅葉哉　二四四

て

手にとらば消《きえ》んなみだぞあつき秋の霜　一二

と

天秤や京江戸かけて千代の春　二〇七
年暮ぬ笠着て草鞋はきながら　二五一
年は人にとらせていつも若夷《わかえびす》　四一

な

何に此師走の市にゆくからす　二五〇
中ゝに心おかしき臘月夜　二五〇
夏来てもたゞひとつ葉の一葉哉　二三五
夏草や兵どもが夢の跡　二三〇
夏の月御油より出て赤坂や　二三五
夏山に足駄を拝む首途哉　二三〇
浪の間や小貝にまじる萩の塵　二四七
成にけり成にけりまでとしのくれ　二五一

に

庭掃て出ばや寺に散《ちる》柳　二四七

ね

寝たる萩や容顔《ヨウガン》無禮花の顔　二四四

の

野を横に馬牽むけよほとゝぎす　二三〇
野ざらしを心に風のしむ身哉　五七
蚤虱馬の尿する枕もと　二三一

め

名月や池をめぐりて夜もすがら　二四三
名月の出るや五十一ヶ条　二六五
名月の花かと見へて綿畑　二二
名月や北国日和定なき　二四七
めづらしや山を出羽の初茄子　二三一

も

物いへば唇寒し秋の風　二四二
物書て扇引さく餘波《なごり》哉　二四七

や

やまざとはまんざい遅し梅花　二一八
山路来て何やらゆかしすみれ草　二六一
頓て死ぬけしきは見えず蝉の聲　二三六
山中や菊はたおらぬ湯の匂　二四七

ゆ

夕顔にかんぺうむいてあそびけり　二三三
夕皃《ゆふかお》にみとるゝ身もうかりひよん　二三三
夕顔や酔てかほ出す窗《まど》の穴　二三三
雪の朝独リ干鮭を噛得タリ　四六
行春を近江の人とおしみける　一一三、二二一
行春にわかの浦にて追付たり　一〇四、二二〇
行はるや鳥啼《なき》うをの目は泪　二二〇

よ

酔て寝むなでしこ咲る石の上　二三六
よく見れば薺花咲く垣ねかな　二五八
よし野にて櫻見せふぞ檜の木笠　一一一
世の夏や湖水に浮ぶ波の上　二三五
世の人の見付ぬ花や軒の栗　二三〇

わ

わが宿は蚊のちいさきを馳走かな　二三五
わすれ草菜飯に摘んとしのくれ　二五一
わせの香や分入る右は有磯海《ありそうみ》　二四六
煩へば餅をも喰はず桃の花　二一八
侘てすめ月侘斎が奈良茶歌　八五

[蕪村の部]

あ

青柳や芹生の里のせりの中　二一〇
青柳や我大君の艸か木か　二〇八
朝がほや一輪深き淵のいろ　二五九
あか汲て小舟あはれぬ五月雨　二二八
閼伽棚《あかだな》に何の花ぞもさつきあめ　二二八
秋来ぬと合点させたる嚔かな　二四〇
秋立や素湯香しき施薬院《せやくいん》　二四〇

人物・事項索引

参考文献

［芭蕉］

新編芭蕉一代集　俳句編・不審抄・索引
　勝峯晋風編　一九三一　春秋社
芭蕉俳句集　中村俊定校注　一九七〇　岩波文庫
芭蕉句集　今　栄蔵校注　一九八二　新潮社
（新潮日本古典集成）
芭蕉句抄　小宮　豊隆　一九六一　岩波新書
芭蕉文集　杉浦正一郎他校注　一九五九　岩波書店
芭蕉紀行文集　中村俊定校注　一九七一　岩波文庫
芭蕉七部集　中村俊定校注　一九六六　岩波文庫
芭蕉文集　杉浦正一郎ほか校注　一九五九　岩波書店
（日本古典文学大系）
芭蕉書簡集　萩原　恭男　一九七六　岩波文庫
芭蕉俳句研究（正続）
　幸田露伴、安倍能成他　一九二二〜二四　岩波書店
詩人芭蕉　萩原　蘿月　一九二六　紅玉堂書店
芭蕉の研究　小宮　豊隆　一九三三　岩波書店
芭蕉講座・俳論篇　小宮豊隆他　一九四三　三省堂
芭蕉講話　穎原　退蔵　一九四四　新日本圖書
芭蕉庵桃青傳　内田　魯庵　一九四五　京都印書館
芭蕉雑纂　菊山當年男　一九四六　甲文社
芭蕉講座・発句篇（三巻・改訂版）
　穎原退蔵、加藤楸邨　一九四六〜四八　三省堂
芭蕉讀本　穎原　退蔵　一九五五　角川文庫
芭蕉研究　杉浦正一郎　一九五八　岩波書店
松尾芭蕉　阿部喜三男　一九六一　吉川弘文館
松尾芭蕉　宮本三郎、今栄蔵　一九六七　桜楓社
芭蕉その旅と俳諧
　広末　保　一九六七　日本放送出版協会
芭蕉その生涯と美学　多田　裕計　一九六八
　毎日新聞社
芭蕉庵桃青　中山　義秀　一九七〇　中央公論社
若き芭蕉　麻生　磯次　一九七六　新潮社
芭蕉の恋句　東　明雅　一九七九　岩波新書
芭蕉の世界　山下　一海　一九八五　角川選書
芭蕉―その生涯と芸術―　今　栄蔵
　一九八九　日本放送出版協会
芭蕉の狂　玉城　徹　一九八九　角川選書
松尾芭蕉　尾形　仂　一九八九　ちくま文庫
芭蕉庵桃青の生涯　高橋　庄次　一九九三　春秋社
芭蕉事典　中村俊定監修　一九七八　春秋社
総合芭蕉事典　栗山理一監修　一九八三　雄山閣

［芭蕉・奥の細道］

校註奥の細道　付録芭蕉翁傳
　鳥野　幸次　一九二七　明治書院
土左日記・おくのほそ道
　鈴木知太郎、伊坂裕次校註　一九七六　笠間書院

曾良　奥の細道随行日記
　山本六丁子編　一九四三　小川書房
おくのほそ道　付曾良随行日記
　杉浦正一郎校注　一九五七　岩波文庫
おくのほそ道　付曾良随行日記、奥細道菅菰抄
　萩原恭男校注　一九七九　岩波文庫
新訂おくのほそ道　付曾良随行日記
　潁原退蔵、尾形仂訳注　一九六七　角川文庫
詳解口譯　奥の細道の新研究
　大藪虎亮　一九三三訂正版　公文館
おくのほそ道の記　吉田絃二郎　一九四〇
　實業之日本社
増訂奥の細道詳講　岩田九郎　一九四八　至文堂
『おくのほそ道』をたずねて
　金澤規雄　一九七三　宝文堂
奥の細道をたどる　井本農一　一九七八　角川選書
詳考奥の細道　阿部喜三男著、久富哲雄補
　一九七九増訂版　日栄社
新奥の細道　宮尾しげを　一九五九　未来社
（再刊）一九八四　かのう書房
奥の細道　山本健吉　一九八九　講談社
奥の細道評釋　樋口功　一九三〇　麻田書店
解釈と評論奥の細道　松尾靖秋　一九五六　開文社
詳考奥の細道　阿部喜三男　一九五九　山田書院
奥の細道　山本健吉　一九八九　講談社
『おくのほそ道』とその周辺
　金沢規雄　一九六四　法政大学出版局
芭蕉試論―奥の細道を中心として―
　前田正雄　一九六六　南明社
おくのほそ道の虚構と真実
　竹下数馬　一九八六　ＰＨＰ研究所
「おくのほそ道」入門　平井昭敏　一九八八
　永田書房
『おくのほそ道』をたずねて―伊達の大木戸・松島・
　平泉・尿前―　金沢規雄　一九七三　仙台宝文堂
奥の細道をたどる　井本農一　一九七三　角川書店
奥の細道をあるく事典　久富哲雄　一九八七　三省堂
「奥の細道」を歩く（正続）
　山本（胥）　一九八二、八八　柏房
奥の細道風景　荻原井泉水　一九六一　社会思想社
「おくのほそ道」全行程を往く
　石堂秀夫　一九九四　三一書房
奥の細道なぞふしぎ旅（上・下）
　山本鉱太郎　一九九六　新人物往来社
奥の細道カメラ紀行　大竹新助　一九六五　保育社
カメラ紀行　奥の細道を行く　一九八九　読売新聞社
図説おくのほそ道　一九八九　河出書房新社
おくのほそ道日本海紀行　象潟から市振へ
　村田砂男　一九九四　新潟日報事業社
奥の細道の謎を読む　中名生正昭　一九九八　南雲堂

参考文献

大淀三千風研究　岡田　勝　一九七一　桜楓社

【芭蕉と門人】

芭蕉・去来　潁原　退蔵　一九四一　創元社

旅人曾良と芭蕉　岡田　喜秋　一九九一　河出書房新社

芭蕉と近江の門人たち　一九九四　大津市歴史博物館

【蕪村】

蕪村文集

蕪村俳句集　潁原　退蔵編註　一九三二　岩波文庫

蕪村俳句集　尾形　仂校注　一九八九　岩波文庫

蕪村全集　尾形仂ほか編　一九九二〜九八　講談社

蕪　村　潁原　退蔵　一九四三　創元社

与謝蕪村　大礒　義雄　一九六六　桜楓社

與謝蕪村集　清水孝之校注　一九七九　新潮社（新潮日本古典集成）

与謝蕪村　谷地快一編　一九九〇　ぺりかん社（江戸人物読本）

蕪村　画俳二道　瀬木　慎一　一九九〇　美術公論社

書かれざる蕪村の日記　高橋　未衣　一九九七　三一書房

蕪村　その二つの旅　佐々木丞平、正子監修　二〇〇一　朝日新聞社（蕪村展カタログ）

蕪村書簡集　大谷篤蔵、藤田真一校注　一九九二　岩波文庫

【芭蕉と蕪村】

奥の細道・芭蕉・蕪村　志田義秀　一九四一　修文館

芭蕉・蕪村　白石悌三ほか編　一九七八　集英社（図説日本の古典）

芭蕉・蕪村　尾形　仂　二〇〇〇　岩波現代文庫

【俳諧・俳句一般】

俳諧大辞典　伊地知鐵男ほか編　一九五七　明治書院

五元集、同　拾遺

去来発句集

風俗文選　森川許六編　一七〇五

去来抄・三冊子・旅寝論　潁原退蔵校訂　一九三九　岩波文庫

富山の古俳句　—蕉風秀句鑑賞—　藤縄　慶昭　一九九一　桂書房

連句入門—芭蕉の俳諧に即して—　東　明雅　一九七八　中公新書

俳句からＨＡＩＫＵへ　佐藤　和夫　一九八七　南雲堂

【関連人物】

芭蕉と西鶴　廣末　保　一九六三　未来社

大淀三千風　岡本　勝　一九七一　桜楓社

西行と定家　安田　章生　一九七五　講談社現代新書

西行　有吉　保　一九八五　集英社

西行　白洲　正子　一九八八　新潮社

宗祇　浪蔓と憂愁　井本　農一　一九七四　淡交社

連歌師宗祇　島津忠夫　一九九一　岩波書店
江戸期の俳人たち　榎本好宏　一九八九　日本放送協会学園
一遍と時宗教団　金井清光　一九七五　角川書店

［関連古典歌集・歌枕］
歌枕歌ことば　片桐洋一　一九八三　角川書店
萬葉集・本文編　佐竹昭広他　一九六三　塙書房
訳文万葉集　森淳司編　一九八〇　笠間書院
山家集　西行　後藤重郎注　一九八二　新潮社
合本八代集　久保田淳、川村晃生編　一九八六　三弥井書店
古文真宝前後集　星川清孝　一九六七　明治書院
古今和歌集
伊勢物語
源氏物語

［関連資料］
臨済録提唱　足利紫山　一九五四　大法輪閣
多賀城碑―その謎を解く　安倍辰夫・平川南編　一九八九　雄山閣出版
参勤交代道中記―加賀藩史料を読む―　忠田敏男　一九九三　平凡社
関所―その歴史と実態―（改訂版）　大島延次郎　一九九五　新人物往来社

［基礎資料］
藩翰譜　新井白石（元禄一四）一七〇一
藩翰譜続編　（文化三）一八〇六
寛政重修諸譜（一五三〇冊）　内閣文庫蔵
（復刻本）　一九一七～二〇　栄進社
土芥寇讎記　金井圓校注　一九六七　人物往来社
諸侯年表　内閣文庫蔵
（印刷本）児玉幸多監修　新田完三編　東京堂出版　一九八四
江戸諸藩要覧　井上隆明編著　一九八二　東洋書院
徳川十五代史　内藤耻叟　新人物往来社　一九八六
伊達治家記録　原本・仙台市博物館所蔵
（仙台藩史料大成）
平重道編集　一九七八～　仙台宝文堂
仙臺叢書（一二巻）　仙臺叢書刊行会　一九二二
（復刻版）　一九七一～　仙台宝文堂
青木正兒全集　第一〇巻　一九五一
折口信夫全集（三一巻）中央公論社　一九五四～五七
新訳芥子園画伝　新藤武弘訳　日貿出版社　一九八五
国史大辞典（一四巻、索引三巻）　一九七九～九七　吉川弘文館
角川日本地名大辞典（四七巻、別巻二）　一九七九～　角川書店
日本分県地図地名総覧　人文社

著者略歴

中名生　正昭（なかのみょう・まさあき）

1927年生まれ、東北大学法学部卒。
読売新聞社編集局参与、同社経営計画委員会幹事代表、総合技術開発室長、編集委員、株式会社東京読売サービス取締役企画制作本部長を歴任。
日本マスコミュニケーション学会、画像電子学会、日本山岳会各会員。近現代史を研究。
著書に『常識のウソ』（日新報道）
『歴史を見なおす東北からの視点』（かんき出版）
『北方領土の真実』『アジア史の真実』『奥の細道の謎を読む』（南雲堂）
共著『新聞ハンドブック』（ダビッド社）など。

芭蕉の謎と蕪村の不思議

2004年7月7日　　1刷

著　者　中名生　正昭

発行者　南雲一範
発行所　株式会社 **南雲堂**
〒162-0801　東京都新宿区山吹町361
電　話　03-3268-2384
FAX　03-3260-5425
振替口座　00160-0-46863
印刷所　株式会社 啓文堂
製本所　東京美術紙工

Printed in Japan　　〈検印省略〉
乱丁・落丁本はご面倒ですが小社通販係宛にご送付下さい。
送料小社負担にてお取り替えいたします。
ISBN4-523-26442-2 C0095　〈1-442〉

住んでみてわかる中国
――留学生が見た中国の今

変わりゆく中国の姿を内から観察した留学生の記。知られざる中国人の日常生活と意見が垣間見える。

定価1529円（本体1456円）

田代陽子

アジア史の真実
――変革と再生の近現代

アジアと日本を考える！アジアの重要な出来事を通し日本が果たしてきた役割と将来の展望を示す。

定価2100円（本体2000円）

中名生正昭

北方領土の真実
――300年の歴史と将来への提言

歯舞、色丹、国後、択捉だけが北方領土なのか。中千島、北千島、南樺太はどうなるのか。歴史認識の上に立って領土問題を解決する道を探る。

定価1835円（本体1748円）

中名生正昭

奥の細道の謎を読む

芭蕉の風雅の旅に隠された真実！同時代の記録が導き出す意外な結末！

定価1890円（本体1800円）

中名生正昭